人生幸事，
八九不离食

张佳玮 —— 著

江苏人民出版社

图书在版编目（CIP）数据

人生幸事，八九不离食 / 张佳玮著. -- 南京：江
苏人民出版社, 2025. 6. -- ISBN 978-7-214-25774-1

Ⅰ . I267.1

中国国家版本馆CIP数据核字第20259L4B35号

书 名	人生幸事，八九不离食	
著 者	张佳玮	
责 任 编 辑	胡海弘	
装 帧 设 计	DUCK不易	
版 式 设 计	梁 霞	
出 版 发 行	江苏人民出版社	
地 址	南京市湖南路1号A楼，邮编：210009	
印 刷	河北鑫玉鸿程印刷有限公司	
开 本	880毫米×1230毫米 1/32	
印 张	6.5	
字 数	124千字	
版 次	2025年6月第1版	
印 次	2025年6月第1次印刷	
标 准 书 号	ISBN 978-7-214-25774-1	
定 价	52.00元	

（江苏人民出版社图书凡印装错误可向承印厂调换）

序：世上真正爱吃的人

我喜欢写吃，是因为上大学时离家去上海，吃不到故乡吃食，故此写来，望梅止渴一番。

我猜许多人都与我有类似经历：聊起故乡美食就滔滔不绝、眉飞色舞，其实一大部分，是说给自己听的，好让自己过一下瘾。

我在异乡季节性情绪失调时，会每天看老照片，想故乡吃食；见到个朋友，就聊起我故乡吃食是什么样子，如此让自己安心。现在想起来，我试图重温的，不只是吃食，还有吃时的心情。

在一个地方——尤其是故乡——吃东西，往往是人最安稳平顺、饱暖舒适的时候；身边也往往有朋友，有亲人。

于是你回忆那些吃东西的时刻，就仿佛回到了那个地方、那个情境，觉得心都宁静下来了。

大概，每个人都多少想回到过去那个无忧无虑，吃美了，什么都不用担心的境地里，享有一种简单的安全感。我们许多人，描述的那些过去的吃食，事实上是否真那么美味，根本无关紧要，紧要的是：那是我们当初最幸福的时候。也许那时还小，也许那时觉得好吃，也许是陪父母、爷爷奶奶、外公外婆吃的，也许是和自己心爱的人一起吃的，也许当时刚从贫寒里感到一点儿生活的幸福，也许当时无忧无虑……

之后的一切描述与回去重吃，都是对当时幸福时刻的重温。

我某位同学的爸爸，四川内江人。一天开车带两位朋友在路上，我那同学坐副驾驶座上。这位爸爸手指敲方向盘，忽然想起什么，吩咐我那同学："我开车腾不出手，你给家里打电话，说那个汤可以开始热了，我还有十五分钟到家，这样客人们正好来得及吃，味道刚好。"

还是这位先生，他女儿带他准女婿初次见他时，迟到了五分钟还是十分钟吧，全桌等着。这位准岳父脸色便不大好，说："来了，就坐下吃吧。"吃到后来，面色和缓了，跟准女婿说："别介意，有点儿不高兴，但不是针对你。就是这个鱼啊，端上来凉了，就不大好吃了。"

他在海南时，弄到一块极好的鱼肉。朋友都说，趁新鲜烤了吃就好！他说不，打电话问家乡朋友："你们知道谁明天要过来？"为的是找一位能当天下午到的朋友，麻烦他带哪几样酱油、哪几样料过来。挂了电话，他严肃地表示："好鱼，不能随便吃！"

我外婆说，我舅舅小时候性子很"揪"——这是她用来表达执拗的土话。每次跟我外公吵完架，他就把眼镜布塞眼镜盒里，拿几本书塞进书包，气哼哼地出门，在门口还会吼一声："我这就去美国！再也不回来了！"

外婆说，每到这时，她就叹一口气，走进厨房。打两个鸡蛋，坠在碗里的面粉上，加水，搅拌，加点盐，加点糖。直到面、鸡蛋、盐、糖勾兑好了感情，像鸡蛋那样能流、能坠、能在碗里滑了，就撒一把葱。倒油在锅里，转一圈，起火。看着葱都沉没到面里头了，把面粉碗绕着圈倒进锅里，铺满锅底。一会儿，有一面煎微黄、有滋滋声、有面香了，她就把面翻个儿。两面都煎黄略黑、泛甜焦香时，她把饼起锅，再撒一点儿白糖。糖落在热饼上，会变成甜味的云。这时候，我舅舅准靠着门边儿站着，右手食指挠嘴角。我外婆说："吃吧。"我舅舅就溜进来，捧着一碗面饼，拿双筷子，吃去了。

我外婆每次给我摊饼时，都要讲这故事。讲完了，饼给我，还要叮嘱：烙黄的部分，蘸白糖；烙焦黑的部分，别蘸白糖。她说，烙黄的部分蘸白糖，糯甜；焦黑的部分自带脆香，不蘸白糖好吃。

后来我每次看法国朋友琢磨餐前酒、牡蛎配夏布利（Chablis）、甜点配波特酒（Port）等类似搭配时，都想到我外婆给面饼配糖这毫不逊色的细致。

我很喜欢听这样的故事，记住了，也讲给别人听。想到世上还有这些爱吃的人，我便高兴起来——觉得这烟火人间，总还有乐趣。

目录

来人间一趟，总要吃遍南北东西

对生活的热爱，都藏在碗里

冬天早上，烫手的韭菜合子

2008 年冬日早上的我，在萝卜丝饼、韭菜饼、卷心菜饼、土豆丝饼、鸡蛋饼面前发呆，看哪个都秀色可餐。

卖饼的师傅看我委决不下，就说："吃韭菜饼吧。"

我说："噢。"

他接着说："壮阳！"

我愣了下，花时间把这句话嚼明白了，依然觉得奇怪："啊？！"

我不知道韭菜壮阳有啥科学根据，不过民间好像都信这个，《笑林广记》里有个段子，就是一对夫妻对韭菜壮阳的盲目信任。

苏州人民精细，以前物质不丰富时，依然不忘讲究，每年要吃头刀韭菜。长辈说头刀韭菜经了一冬，藏阳蓄气，特别鲜脆有味，拿来炒鸡蛋最好。

杜甫说过"夜雨剪春韭，新炊间黄粱"，想来真美。新剪韭菜绿，炊上米饭黄，刚做的喷香，春天晚上下雨时吃，妙得很。

我听过一种说法，韭菜要吃新鲜的，一半是新鲜了好吃，一半是因为，韭菜属五辛之列，和葱蒜一样，吃了口气不好。吃斋的老人家说，吃了韭菜念佛，佛祖要生气。如果是新韭菜，就很干净，好比妖怪要吃童男童女，不爱吃成年人似的。

可我觉得老韭菜也好吃，有嚼劲，味浓鲜。大片韭菜叶，甚为过瘾。至于韭菜与葱蒜一样有味，这反是韭菜的好处，明明是绿叶菜，却有荤腥感。黄庭坚有诗"花气薰人欲破禅"，大概花香浓时有荤腥感有肉味？韭菜确实如此，破不破禅不管，鲜香多汁是真的。

恰因为鲜香多汁有肉头，所以韭菜饼也好吃。2008年的我还在上海，卖韭菜饼的师傅是北方人，饼烙得给劲，焦香软糯，开个口，韭菜汁跟汤包里的汁一样就出来了，绿油油的，醇浓烫鲜。饱汁的韭菜嚼着有肉头，又不腻，就着面饼咬，且弹且香。吃韭菜饼，能嚼出"咕吱咕吱"的声音，有一种饱足感。

2008年冬日的我住在上海时，经常整夜写东西，到天隐约见亮时，便摸着黑，出门买早餐。路上车辆寥寥，有夜晚的冷清。卖消夜的关门了，卖早餐的小贩和店铺起灯，架火，乒乒乓乓的炉灶声、大屉蒸笼的氤氲白气，都让人全身泛暖。

"刚出屉的包子"这词，只有天蒙蒙亮时买过早饭的人才能理解。我平时爱吃小笼汤包，嫌发面包子暄软、厚实，偶尔还噎，但大清早一双冷手接过烫得直跳脚的发面包子，一口咬透，吃到香浓汁溢还略微发烫的馅儿，那般饱满的满足感无与伦比。

冬天买早餐如果赶得早，很容易遇到"饼还没好，等五分钟"的情况。高峰期远未到来，熟客和熟店家还来得及聊天。人少，街静，灯光暖和，有一搭没一搭地闲扯，须臾饼好了，将热乎乎的饼连带聊天所得的人情，一起带回家去。

有些胃口好的，还能博采众长。比如，先到这家给生煎包子的掌柜付了钱，转身去买两个韭菜饼、熏肉饼，两根油条和一碗豆浆，回来边吃边排队，等热腾腾的生煎出炉。这种时候，早饭摊点就像关门后的游园会，可以随处巡游。大概冬天的早餐诱人，就是如此，淳朴厚实，所以你永远吃得香。周遭寒冷，所以你狼吞虎咽只求让自己热乎起来。在这片一切还暗蒙蒙的环境里，你来不及多去挑剔口味、热量、淀粉、维生素、纤维、蛋白质以及是否合乎营养学标准，只想求个适肚塞肠，打个带韭菜、萝卜丝、青菜、熏肉、豆浆、糍饭团、牛肉粉丝汤、油条味儿的嗝儿，人生又一天，就此开始了。

豆浆、油条和馓子

我小时候，早饭基本分两种风格。一是稀饭——我们那里叫泡饭——搭配点儿菜；二是面食——玉兰饼、包子、萝卜丝饼、油条、面包之类的——搭配喝的，如豆浆、牛奶、稀饭汤。

我小时候，早饭喝粥，有点儿奢侈。

我们那里，粥与稀饭很是分明。稀饭就是冷饭热水，粒粒分明。粥是煮得融了，带点黏稠的反光。因为稀饭一弄就得，粥需要点工夫，费时间。我去广东时，看他们大早上也有明火白粥喝，很羡慕。

稀饭比较清爽，粥比较好入口，各有所长。我记得我第一次喝到全融的粥，是有一次发烧，被送去医院，挂水。一个医生建议我妈："给弄点粥吧，好消化；弄点鸡蛋，补充营养。"我妈就用搪瓷杯装了融热的粥，上面撒了蓬松的炒蛋，端来医院给我吃。我那会儿馋啊，没两下，鸡蛋扫光光，空口喝白粥，觉得淡，没意思，不想喝了，被我妈哄着，吸溜下去了。

说到味儿，我们那里粥与稀饭的下饭菜倒差不多通用。我那时候的话，大概有以下几种。

咸菜：雪里蕻，加点肉丝和毛豆更脆甜。

豆腐：豆腐拌了，撒点盐，加点葱，更香美。

萝卜干：我外婆自己晒的，一层萝卜一层盐。韧、甜、咸，都好。

酱瓜：我们那里喜欢脆甜的酱瓜，朋友来吃，都会感叹"这么甜"！

豆腐乳：也是讲究个咸口。我去重庆吃腐乳，辣、爽，大早上喝粥配腐乳能出一头汗。

肉松：在我们那会儿，这是奢侈品了。肉松略蘸一点儿稀饭汤时，口感很酥美。

我一直不太爱喝牛奶，相比起来，更喜欢豆浆。想起来，虽然我没有乳糖不耐受，但是东方人的肠胃，觉得牛奶有点儿腻，干酪风味倒还好。

豆浆好在清淡中正，不加糖有点儿豆香，加糖了，点石成金的好吃。我小时候觉得喝完牛奶会口中余乳香略甜发黏，喝完豆浆就清爽得多。

卖豆浆油条的店铺，常是小本经营，豆浆一向不那么浓，更接近于饮料，冬天早起又冷又渴，一碗下去温热润口，煞是舒服。那时节喝豆浆还用碗，大家都是双手捧着啜饮，喝一口，歇歇气，聊聊天。老人家有爱喝清浆的，有爱喝咸豆浆的，说咸豆浆喝着鲜。我在日本见到拉面汤底用"豆浆＋酱油"，想起来："这不就是咸豆浆的原理嘛！"我在武汉喝过一次绿豆浆，淡绿秀雅，比纯白无个性的黄豆浆要招眼得多。

油条该搭配什么呢？据说老北京一套煎饼馃子，讲究该是搭配粳米粥。但依我之见，还是配豆浆好。

油条据说早先叫"油炸桧"，因为南宋人恨秦桧，然后讹音成了"油炸鬼"。周星驰在电影《九品芝麻官》里饰演的贪官包龙星遭人痛恨，满街管炸臭豆腐叫"油炸包大人"，道理类似。古代捏塑像做诅咒的事就不少，但大多绑个草人刺一刺，雕个木人射一射，比如三国时异族对付公孙瓒，也就罢了；捏面人炸了吃，却是精神物质双丰收。面和油一碰，滋滋之间发胀起来。而那鼓胀激发变焦黄的一下子，就是油条最诱惑人食欲的时候。

好油条总是趁热吃好。油条最好吃的是两个尖头，大概取尖头还没韧化时的脆劲，经脉纠结，嚼来有口感；中段蓬发松脆，下口时有撕纸的声音，嘶嘶作响。说味道，其实无非油香，可是人类就爱吃热乎乎带油的。一截冷了的油条全身上下如同死蛇，让人提不起劲。

我小时候吃豆浆油条，喜欢拿油条蘸豆浆吃。后来闲极无聊，把油条撕成片段在豆浆里泡着喝。久而久之，土法子都有了心得：被豆浆乍泡的油条油腥尽洗，嚼来半软半脆，火候刚好。泡得久了，就软塌塌毫无风骨。我跟西安朋友说起，他一拍大腿，说他掰馍泡羊汤也是这心得。我爸爸则一向嫌油条味不够厚，毕竟油条单借一点儿油香、面香，因此他喜欢拿油条蘸酱油。莫言小说《檀香刑》里，刽子手做檀香橛子，油锅还先煮两根油条热身，所谓"取点谷气"。中国饮食自有一套格物致知的理论。

油馓子的好吃，除了本身油香，就仗着比油条脆得多、但比油条少点儿软绵绵的雍容姿态。当主食吃倒罢了，做零食吃很容易"咯嘣咯嘣"一下午消灭一袋。我经常去菜市场买一包，一路吃回家，只剩半包了。苏轼所谓"压匾佳人缠臂金"，其描写的面食大致类此。

唐鲁孙说，北京以前卖菊花锅子给太太们吃，下的都是易熟之物，一涮就得，就有馓子在内。大概馓子虽不是什么雅食，被好汤涮过后没那么油腻，可以进淑女们的口用来嚼着玩。这种传说，没亲见不敢确认。

倒是去重庆吃油茶，里头真有馓子。米粉糊糊加盐、姜末、芫荽、油辣子、花椒粉、芽菜和味精，再加馓子与黄豆，米粉香糯，馓子与黄豆耐嚼，相得益彰。

想想煎饼馃子搭配粳米粥，米粉糊糊搭配油馓子，都是碳水加碳水，却能做出层次分明的口感。劳动人民的智慧啊，真是了不起。

烧卖烧麦捎卖，脆哨臊子肉燥

香港九龙公园旁边有个点心店，烧卖花样百出：甜梅菜扣肉烧卖、沙爹牛颈脊烧卖、鱼贝肉烧卖、芫荽马蹄烧卖、粟米肉粒烧卖。

但他们自夸自赞的桌面宣传海报上写着——烧卖源自蒙古。也真老实。

去过内蒙古的朋友自然知道，内蒙古烧卖与港式烧卖大不相同：皮里都是肉，还是厚墩墩的羊肉。我去呼伦贝尔、去北京、去肃州，都曾有过懒得出门吃的时候，便带一份烧卖，往住处一坐——薄皮润油扎实肉，将醋就辣，再配肉汤炒米，不小心就吃撑了！

话说，烧卖该怎么正字？

明朝《通事谚解》说：此前元大都卖一种吃的，"以麦面制成薄片，包肉蒸熟，与汤食之，方言谓之捎卖"。

后来 1937 年《绥远通志稿》说："惟市内所售捎卖一种，则为食品中之特色，因茶肆附带卖之，俗语谓捎带为捎，故称捎卖。且归化捎卖，自昔驰名远近。外县或外埠亦有仿制以为业者。"

捎卖？烧卖？

清朝薛宝辰《素食说略》写道："以生面捻饼，置豆粉上，以碗推其边使薄，实以发菜、蔬笋，撮合蒸之曰捎美。"薛宝辰是西北人。我猜内蒙古烧卖多肉，到西北就加蔬笋，改叫捎美了？

我在无锡和上海时，买得到糯米烧卖——也有些店叫烧麦，多是酱油糯米饭为馅，中间有点儿豆干、笋丁、肉末，外裹面皮，蒸软了，皮薄米香。想烧卖在内蒙古则只有羊肉，往西北则加发菜，到江南则以糯米为馅，明显是就地找食材。

日本人也吃烧卖，始于横滨中华街，20 世纪的事，也就地凑食材，所以加了干贝。知名漫画《孤独的美食家》里有一集，念叨烧卖里加杏仁。

烧卖，捎卖，捎美，烧麦。到一个地方，改一个别字，换一种食材。却又不止这一样。在贵阳吃肠旺面，问何为肠何为旺？答曰：肠是大肠，旺是血旺。红辣香脆，油亮肥润。但说话的贵州前辈说：要紧的还不是肠旺——是脆哨。

啥叫脆哨？

贵阳遍地有脆哨卖，新炒脆哨，买一瓶可以带回家。说白了：肥瘦相间的肉粒，炒干出油，调味加陈醋、酱油，油亮香脆。肠韧，旺软，脆哨提供的是油脆脆的口感，这碗肠旺面才完美。脆哨除了肠旺面，别有应用：贵州酸汤里可以加，夺夺粉里可以加，烤豆腐夹脆哨，"吱"一声油香四溢。搁炒饭里，简直点石成金，荤香脆爽，莫可名状。越南有种高楼面，面糯汤鲜，灵魂是炸脆的猪皮，与其有异曲同工之妙。

我问前辈"脆哨"俩字咋写，啥意思，前辈也愣神，说："好像，也许，脆哨的哨，就是臊子的臊。"

哦，说臊子我就知道了！

鲁提辖跑去找镇关西麻烦，先让他精肉、肥肉外加寸金软骨，都"细细切做臊子"。撕破了脸皮，"嗖"一声兜脸把臊子拍人脸上。陕西人跟臊子的历史真是源远流长。

陕西有岐山臊子面。西安朋友说最正宗的做法，要带皮猪肉切块，碎而不渣；起锅烧热油，下肉碎、姜末，炒干水分，顺锅下醋与酱油，文火煮到肉烂。都说吃臊子面要酸汤配面，只吃肉不喝汤，但朋友说，他最喜欢吸溜完了面，在汤里面捞蒜苗、鸡蛋、黄花菜、碎胡萝卜和土豆丁儿吃——哦，当然还有浸入了酸汤味的肉。

臊子面，四川也有，但表现为担担面。

传说以前四川担担面是这么做的：货郎挑担子，一头搁着锅，一头备着汤、佐料、面和肉臊子，哪家太太们打麻将到后半夜，饿了，出门叫一声，当场煮把面，下肉臊子和佐料，热腾腾端进去，吃个正好！据说担担面到台湾后，要鱼骨虾壳汤熬才好，大概猪肉被这么清淡的汤一洗，火气尽去，臊子也淡雅可口了？我却觉得有点儿奇怪。

最古怪的是，在台湾臊子不叫臊子，也不叫哨，而叫肉燥，常表现为"卤肉燥饭"：猪绞肉炒到金黄酥香，加入葱头、冰糖、酱油、五香粉等慢煮。

大概贵阳脆哨主要讲脆爽，不另外煮；陕西臊子得加醋，得其酸；台湾的肉燥得加糖和五香粉，得其鲜？

烧卖烧麦捎卖，臊子脆哨肉燥。

起源类似的食物流传各地，可以变出无穷做法。各地做法又映照出各地的气候、食材、口味、习惯。世上有形形色色的味蕾与肠胃。但人总会为了更好吃一点，而付出求变的努力。

食物真神奇啊！

米饭的滋味

我小时候，家里尚无电饭锅，父母教做饭时很认真，好像炼金术士传授符咒口诀。水放多少，火候如何，谆谆不止，是件关系到每日饮食的大事。

我们那里的米饭大多是靠水煮的，总是宁肯放多些水。因为水多了，最多饭软糯些；水若少了，不免成了夹生饭——这玩意儿只有评书里吞十斤烙饼、有不锈钢肠胃的好汉爱吃。但那时我也不懂，只觉得饭焖得熟，能吃下去，就行。因为米饭太家常，在这个时代也算不上珍贵，许多饭店还愿意点菜附送米饭，谁会仔细去琢磨它呢？

上小学时，听老师说"米饭里是有糖的"，中午去食堂，菜都不要，单要一碗饭，细嚼慢咽，最后咂摸出些若有若无的甜味，大失所望，还是觉得清蔬厚肉的味道，远胜过淡而无味的米饭。算了，还是吃菜去吧。

直到长大了，吃得多了，才大概明白了：米饭真是有味道、有差别的。

糟糕的米饭大多相似：大锅饭焖出来，搁着，等顾客要吃，大铲子抄到碗里递来。如此米饭，或者夹生到不能吃，或者软烂发黏，或者粗粝磨嘴。吃糟糕的米饭，有时像吃沙子，有时像吞泥，深一脚浅一脚，满嘴都在上演历险记，得不断跟自己念"谁知盘中餐，粒粒皆辛苦"才咽得下去。吃完了，嘴里像被砂纸打磨过，或腻得慌，急着想喝水。

好的米饭，各有所长。《红楼梦》里，有华丽的"绿畦香稻粳米饭"，听着就觉得颜色极好。我亲眼见过，北方的朋友煮饭，是煮米煮得半熟，再上笼蒸。如此，饭粒散开，米汁仍在，所以香美。

我在湖州见到的一个小饭店，老板娘把米饭单独标价卖：一半糯米、一半香粳米，水比平常略多，加一点儿油，上锅煮着，满店人引颈以待；锅开，白气腾完，米饭香软得宜，空口白牙吃就很香，有些微甜味；略加一点儿腐乳，化学反应似的激发出香味来。

贵州都匀的一个米粉馆子，老板卖酸辣牛肉给米粉做浇头，也卖米饭，当酸辣牛肉盖浇饭。看她蒸饭，米不多淘，水也少，上压力锅煮。问之，老板大咧咧地答："水多了，米就软，不好吃！我的米，我晓得的！"饭煮罢，颗颗筋道，和辣椒牛肉搭配，在嘴里要蹦起来。

老板还特意表演，拿勺子压米饭给我看："看这饭，压不扁的！"

当然，也未必压不扁才好。粳米香滑油糯，越吃越香，不就菜都能吃半碗。籼米纤长松爽，不够软润，但用来炒饭，效果绝佳。各有所长。

我跟日本朋友说这事时，他说日本以前也有类似说法：口味偏淡不黏的笹锦米，更适合搭配味道清淡的日料；圆润黏香的越光米，更适合拿来做饭团，就点盐便能吃。

还是贵州都匀米粉馆子的老板，一本正经地跟我说她爱吃粳米饭和糯米饭，但做好米粉，需要好水，以及好籼米。各有所长。

欧洲人吃米饭，是另一种风格。比如西班牙出名的海鲜大锅饭 Paella，金黄的汁子炖出来，加数不清的贝类与鸡肉——巴塞罗那和塞维利亚馆子的师傅则说加鸡肉是瓦伦西亚吃法，他们觉得加墨鱼汁才对。无论加什么吧，饭都不宜太熟太烂，得有嚼劲才成。后来我去意大利，吃了个小馆子的鸡肉菌菇芝士饭，才突然明白。他们渴望的米饭口感，是超越半生不熟，接近饱满肉鼓的地步，如此才有嚼劲，才入味吧。用那个意大利师傅的话说："东亚人更多是希望做好菜来搭配米饭，我是指望把饭做成菜！"

下饭？下酒？

什么样的菜下饭？什么样的菜下酒？

有些人不太挑剔，都行。像日本漫画《孤独的美食家》里，主角五郎不会喝酒，吃到一家不错的煎饺店——日本人流行吃煎饺，是因为方便冷藏和速食——便发感叹，可惜店里不卖白饭。

毕竟，日本人是可以靠拉面浓汤、油脆煎饺这些面食来下饭的；五郎没奈何，要了份炒面配煎饺吃，越吃越感叹，觉得这两样都是宜饭宜酒："我真是个不会喝酒的人！"

大概，对口味偏清淡的人而言，煎饺和炒面，都能兼饭兼酒吧？

当然，要细分也是可以的。有长辈半闭着眼，掰着手指跟我说："凉菜下酒，热菜下饭。"

凉菜，则是鸡胗、脆鳝、盐水花生、茴香豆、虎皮冻这些。当然还得细分，盐煮笋、茴香豆、豆腐干、青鱼干、肴肉切片、鹅掌、鸭舌、螺蛳、爆鳝，这些用来配热黄酒；凉拌涮羊肉，用来配白酒尤棒。花生米也行，花生米就酒，越喝越没够。

热菜，则是焖蹄髈、梅菜扣肉、草头圈子、鱼香茄子、水煮牛肉之类的。

另一位长辈断句干脆利落：烤羊肉串下酒！炖羊肉汤下饭！

大概，下酒的物件儿，不能太湿润。苏轼说他喝酒不挑剔，饮酒但饮湿。酒湿，下酒物便不妨干，甚至有点儿咸。小巧，耐嚼，有味儿。大体上，一切体积纤微、口感明脆、易于入味的，都好。

因此下酒的好菜，多是拌、炒、爆、熏、酱、炸。拌则清滑，炒则热辣，爆则燎香，熏则味深，酱则隽永，炸则干脆。冷热都有。当然，各地风骨又不同。

我的青岛朋友觉得塑料袋扎啤配炸鱿鱼最美，我的北京朋友觉得白酒配爆肚绝了，重庆长辈认为世上不会有比山城啤酒配串串更美妙的东西。

一个内蒙古朋友则跟我说："天下无双的搭配，是'蒙古王+牛肉干+奶油炒米'，粗豪凶猛，天生搭配，吃着喝着就让人想唱歌。"

下饭的菜，则不妨润些，或者用老说法，宽汁儿。烧、炖、焖，最好。浓酽醇香，稠厚软烂，不见锋刃，最好。各类盖浇饭上的浇头、某些面上的浇头，都适合下饭。

为什么是某些面上的浇头呢？因为好些面上的浇头，如鸡皮浇、鸡丝浇、腊鸭浇、冬笋浇之类，拿来搭配汤面和酒都好，配米饭就稍微差一点儿了。所以集湿润、浓稠、麻辣、香滑、轻软于一体的麻婆豆腐，简直是天然的米饭搭配。

如果就欧洲而言，大概正经餐厅的前菜——甘蓝熏鲑鱼、培根鱼子酱浇芜菁之类，或者西班牙风馆子的各类 Tapas 小菜，或者各类火腿总汇、干酪切片、希腊沙拉之类，适合下酒，当然这又要细分了。

波特酒和马德拉酒可以搭配甜品——C 罗的故乡马德拉岛就很推荐"马德拉酒 + 马德拉蛋糕"。我还见过荷兰人用"生鲱鱼 + 洋葱茸"，当街配啤酒的。

下饭菜，则大概是各地的主菜，如油封鸭，如炖牛肉，如焖羊腿，如奶汁炖鱼，还是讲究个宽汁儿。

欧洲馆子里适合下饭的主菜，往往都会给一篮子面包或薯条，方便您吃完主菜不饱，拿这些面包薯条扫一下盘子里的酱汁——类似于我们拿汤浇饭，溜溜缝。

我有位长辈在法国兰斯，看人家上了鳕鱼拼松仁，请他配酒喝，倒也喝了。之后人家上了浓炖鲮鱼和第戎风炖牛肉，还请他就葡萄酒喝，他就有几分不乐意："这个拿来就米饭多好呀！"

某个淡季，我跟一位希腊老板闲聊天，试图跟他描述下酒菜和下饭菜的区别。我说大概对我们长辈而言，吃饭是基本，喝酒是享受；同样的羊肉，炖一锅汤够许多人饱肚，烤个串能满足的人怕就少些。下饭菜，求的是宽汁有味，能把比较淡的饭就下去，大家一起有滋有味；酒，本身就有味了，下酒菜味道普遍更细致些，吃菜下酒，是一种味觉享受了，是稍微满足了饱肚需求之后，对更美好生活的一点点渴求。

比如说，我以前在无锡乡下，就见有长辈炸鱼骨头吃。过年，单位里发大青鱼，年年有余。鱼头炖汤，鱼尾鱼肉切段腌了吃，鱼骨头老大一块，扔了可惜，就蘸面糊炸，炸脆了，可以在冰箱里放很久；到要吃时，拿出来吃，浇一点儿酱油，下酒，咔嚓咔嚓的。

那位老板听了，眨巴眨巴眼，说："你等着。"进店去了，须臾出来，一碟子鱼骨头——当然是小鱼。他说他家开店，炸小鱼，烤肉，多出来的料和油，鱼骨头裹粉扔下去"沙啦啦"，回头也是"咔咔"吃。

他下了句结论：喝酒的人其实也不挑，只要有点儿油和盐，就能下酒，就觉得生活还怪有趣的。

想想，还真是。

冬至该吃什么呢？

冬至该吃什么呢？

北方朋友说：饺子。

我家乡无锡的长辈说：汤圆。

我家乡无锡的老派汤圆个头极大，除非有机器猫那样的大嘴，否则很难一口一个——题外话，无锡的小笼包和馄饨也如此。

汤圆馅儿大致讲究四色：

芝麻馅儿大江南北都有，磨细如流，浓稠香滑。

豆沙馅儿讲究个膏腴丰润，聪明的老板懂得多放油。山东有枣泥馅儿固然好，但太费工夫了，本地老板做不及。

猪肉馅儿大概就少见得多。我有北方朋友，初见猪肉馅儿汤圆，一怔："汤圆不都是甜的吗？怎么这里有肉？"吃了一口，对我说："不愧是你们无锡，酱肉都是甜的！"

猪油菜大概是别处人最见不得的了：乃是青菜剁成泥，

加糖与猪油混融，碧绿甜浓。菜馅儿已经很奇异，又是甜的，估计会吓到人。只有我们无锡本地的老人家，才爱在菜市场捧一碗吃，年轻人已经嫌腻了，外地人看着则两眼发直。

汤圆惯例下在白水里煮，煮浮了，白碗白勺，白水白汤圆，扑面白气。

有个谜语，"圆圆滚滚白胖子，轻轻一戳吐黑籽"。我们那里的汤圆即是如此，胖乎乎的汤圆，不小心被勺子点破，黑芝麻、红豆沙、绿猪油菜、酱红色肉都出来了，汤遂变色，有强迫症的人会不习惯。如果一碗汤圆吃完，汤依然澄清泛白，看着也舒心，就着喝两口汤，也算原汤化原食。

多数煮汤圆的汤有点儿糯米粉香，黏腻，还有点儿烫嘴。但冬至日捧碗喝时，顾不到这些：清一清吃滑了的口，一道热汤下肚，空碗余温还能暖手，呼一口白气。

如果是下雪天，外面冷雪地，手里热汤圆，两白相映，更好看些。

重庆亲友初到无锡来时，见了这汤圆发愣，说个头太大了："汤圆不该是点心吗？怎么还有肉馅？"

我到了重庆才知，敢情这里吃汤圆，多是小巧玲珑，当餐后点心。汤则红糖醪糟，馅儿则多是甜口，也有没馅儿的实心汤圆，一口一个甚至一口几个。

冬天的重庆，在雾下吃顿实在的——火锅、干馏、酸辣粉、铺盖面、眼镜面，已经热辣辣起来了。想甜一甜嘴、润一润嗓子，就来一碗轻盈甜美的汤圆，和无锡汤圆不一样吃法，但也好。

话说，冬至该吃什么呢？

我在冬天去过清迈和曼谷。那里人不太过冬至，却忙着过圣诞。清迈的尼曼一号，大圣诞树旁，生腌鲑鱼、火烤冰淇淋、炸鱼饼，热热闹闹。旁边还有招牌——圣诞！冰奶茶！冰咖啡！

曼谷32℃的天，满街短袖、拖鞋，大商厦里开足空调，海南鸡饭、咖喱蟹、冬阴功海鲜汤，都挂着圣诞特价牌——看着也没啥冬天氛围。

想想也正常。北半球再北一点儿，会念叨白色圣诞，吃口热乎的；热一点儿的地方，连同南半球，圣诞就该和冰咖啡挂钩。让32℃的曼谷人"冬至吃热汤圆"，估计人也懒得搭理我。

每份时令饮食，都是当时当地的最优解。

我身边的南方长辈常吐槽说："北方人什么都得吃饺子。冬至吃饺子，过年吃饺子，头伏饺子二伏面。一年四季都吃饺子。"

我的北方朋友念叨："南方人什么都得加糯米。烧卖在内蒙古就是肉馅儿，怎么南方会有糯米烧卖？"

走的地方稍微多些，大概也明白了。前一辈人，冬至吃饺子，吃汤圆，其实都只是找个由头，把当时最好吃的吃一下子而已。对以前的北方而言，就是找个时令，乐乐呵呵吃饺子；对我长辈的南方而言，糯米多好啊，什么都该加一点儿。

有长辈跟我吐槽："现在年轻人过节，就是找个地方吃顿好的。"其实上一辈人过节，也是如此吧！

不同的汤圆，想想也各有各的吃法与道理。

像我故乡无锡，汤圆、馄饨、肉粽，都是能当半顿正餐吃的，所以分量大，还有咸味。其他地方，可能馄饨主要用来喝汤，所以馅儿小；汤圆主要担当甜品，所以可以没馅儿、可以小巧，但汤得好。无锡冬至时，冷手捧热碗，一口高糖高热量的馅儿，一碗结结实实的汤圆，一口带点糯米香的汤。

重庆冬至时，吃罢麻辣餐，一口红糖醪糟汤，一口小巧黏糯的汤圆。都是拿来搪一搪阴湿气，各有各的吃法而已。也有一点是相同的：人的悲欢细节不能共通，家长里短，清官难断家务事；但季节时令是大势所趋。

到冬天，尤其冬至，黑夜漫长，年底俗务缠身，人很容易难过起来。我长期苦于季节性情绪失调，很知道怎么办——提高体表温度，摄入一点儿糖分，接触光线，收拾东西，做自己熟悉的事获得一点儿掌控感。

想想冬日，无论饺子还是汤圆，都是人们对抗漫长冬天的一点儿智慧：吃热乎了，摄入一点儿糖分，获得点身心的慰藉。每年都还能吃到一点儿合乎预期的东西，会在茫茫无措的世上找到点儿熟悉的习惯，获得一点儿掌控感。并不是所有传统都完美符合当下，但其中自有些悠久的道理，毕竟人生在世，苦乐不同，但各自总得想尽办法离苦得乐。

一年中最长最冷的黑夜，在各色冷硬的障碍之间周旋碰壁，吃到一口能吃到的最温暖、甜美、柔软又熟悉的食物，获得一点儿慰藉。想到此刻与未来纵然茫茫，也与无数往日无甚差别。于是即便在漫长寒夜里，也能继续下去。

也挺好。

烟火气和年味

我觉得，人吃东西吃美了，有两种状态。一是冷静的、克制的、细致的、条理分明的。再便是狂热的、囫囵的、按捺不住的、热情澎湃的、甩腮帮子解衣裳一头埋进烟熏火燎里的。

前者回想起来清晰明白，我还见过探店的美食家边吃边给餐酒搭配打分做记录的；后者则剩下一片单纯的快乐——是让人觉得稀里糊涂也没关系，看不清楚也没关系，一份忘我又安泰的，想起来可以原谅一切小瑕疵的快乐。

年味儿，就是要有这份忘我的快乐。

我外婆过年时，讲究做红烧蹄髈。如果买不到蹄髈呢？做红烧肉。我外婆的做法，红烧肉是把猪肉先煮一煮，再加上酱油、酒和糖，慢慢炖；炖好了，再在米饭锅上蒸一蒸，以求酥烂。水放得少，所以肉头味道醇浓，没有水汽。我外婆也很会做鸡汤，鸡肚子里塞了葱和姜，外面浇了黄酒和水，滚开了十分钟，酒香流溢；再小火，慢慢炖，炖完了，肥的好鸡会让鸡汤上有一汪汪的黄油。

这就是年菜了。

大年下了，得去菜市场，买牛肉，买羊肉（无锡人和苏州人都爱吃羊糕），买酒酿，买黄豆芽，买虾，买榨菜，买黑木耳，买胡萝卜，买青椒，买芹菜，买豆腐干，买百叶，顺便跟菜贩们一一道别：

"还不回去过年呀？"

"今天做完，这就回去了！"

"那么新年见！"

"好好，新年见！"

买许多卤菜熟食。过年了，店主也豪迈。买猪头肉，白送俩猪耳朵。买红卤肠，白送鸡肝。

"早点卖完我就收了！"

"忙啊？回老家啊？"

"不忙！就是去打麻将！"

年三十那天，我常看着长辈们从早上便开始忙。以前是外婆指挥，后来外婆年纪大了，就都是我爸妈做了。年夜饭不讲贵，但要敦厚、肥硕、高热量。大青鱼的鱼头汤在锅里熬着；红烧蹄髈得炖到酥烂；卤牛肉、烧鸡要切片切段儿；预备酒酿圆子煮年糕。

　　我小时候，过年时，我爸单位会分一条大青鱼。过年了，我爸把青鱼或鲢鱼头切开，起锅热油；等油不安分了，把鱼头下锅，"沙啦"一声大响，水油并作，香味被烫出来；煎着，看好火候，等鱼变焦黄色，鱼唇都�’了，便加水，加黄酒，加葱段与生姜片，焖住锅，慢慢熬，起锅前不久才放盐，不然汤不白。当然，年夜饭还吃其他的：卤牛肉、松花蛋、炒虾仁、黄豆芽炒百叶、糖醋排骨、藕丝毛豆、红烧蹄髈、八宝饭。

　　我家有个邻居，江苏如皋人，他经常给邻居做红焖猪头肉当年夜菜。说，没别的，就很小的火，所谓一苗火，烧一天，就好了。上桌时，怕有人不喜欢猪头，就筷子一划拉，红白皆融。

　　大年初一，早饭是酒酿圆子年糕、稀饭年糕，配上自家腌的萝卜干，求的是：步步登高，团团圆圆；多幸福，少是非。到午间，雪住了，就有人家开始放鞭炮了。雪后初晴，干净峻朗的天色，有亮度缺温度的阳光，寒冷的空气里满是鞭炮的火药味儿，白雪上落着红鞭炮。这天，照例是没有亲戚来的，到黄昏，大家就把年夜饭剩下的菜，做成了咸泡饭。冷饭和冷汤，倒一锅里；切点青菜，就开始熬。炖咸泡饭时，隔夜饭好些，盖隔夜饭比刚出锅的白饭少点水分，更弹更韧，而且耐得久，饭不会烂，甚至还挺入味。拿些虾仁干——当地话叫开洋——下一点儿在泡饭里，很提味。一碗咸泡饭在手，热气腾腾，都不用就菜就汤，呼噜呼噜，捧着就吃。

初二初三，四处走了几趟亲戚，回家应该吃炸春卷。春卷皮包了豆沙和芝麻，往油里一落，"嗞啦啦"作响，面皮由白变黄，香味就出来了。

到大年初五，该上街去溜达了，去菜市场买些新鲜菜来。回家过年的诸位，也有些回来开铺子了。大家小别数日，都无比惊喜，彼此贺道：

"新年好！"

"恭喜发财！"

于是，一年又开始了。我觉得，这就是年味儿了。

现在回想起来，在外面再怎么吃山珍海味，每年到这时候，还是想吃一口熟悉的、扎实的、肉头的、浑厚的食物。就在吃这份食物时，喜乐的、喧腾的、温暖的氛围，就起来了。

想想，年味是什么呢？

年夜饭？红烧蹄髈？嗑瓜子？春节晚会？"过年好"的祝福声？杂烩饭？走亲访友？爆竹声？似乎是，又似乎都不是。

想想每年这时候传播的氛围，大多是天伦之乐、关爱互助、朝气蓬勃、老当益壮、家庭轻喜剧、生活情景剧——总在试图营造一种"大家是彼此关怀、温情礼让的呀"的调子。

再想一想，小时候我们感受过的过年氛围，也无非大家如何相亲相爱，如何勤劳勇敢，如何积极向上，春天万物复苏，夏天烂漫璀璨，秋天丰收圆融，冬天瑞雪纷纷。那是一种招贴画式的审美，多年以后知道真相的人，难免会觉得小时候经历的，未必都真实。

但这么个最初的、一切都暖烘烘的、大家真诚关怀彼此的氛围、让人无忧无虑的氛围，确实是迷人的。

所谓吃年夜饭，所谓过年，说白了，就是每年重温这种气氛——到了某个节点上，可以热热闹闹地彼此问候和祝福，同时相信他人也会真心实意地祝福你。

相信这个时刻在世上，大家都没有存什么心思，可以掏心窝子地，彼此希望大家好。

趁烟火间，吃吧！过年好！

中国人的节日限定

有长辈念叨：现在年轻人过节，就是找个由头出去好好吃一顿！其实细想来，岂止年轻人，哪一代人不是如此？

按照明朝《酌中志》的说法，明朝时，北京内廷已经习惯了不时不食。元宵节，吃元宵：糯米细面，内用核桃仁、白糖为果馅，洒水滚成，如核桃大。在明朝，北方叫元宵，江南叫汤圆。上元时，要吃珍味了：冬笋、银鱼、鸽蛋、麻辣活兔、塞外之黄鼠、半翅鹁鸡都吃。

塞外黄鼠此物，听起来有些意思。我们翻翻《饮膳正要》，会注意到：此物味甘，而且似乎不止汉人爱吃，之前辽国人很喜欢吃这个。当时叫做貔狸，用羊奶饲养大，据说辽国人炖肉时，一个鼎里放一堆肉，再放进一只黄鼠，全鼎的肉都能炖得酥烂。听起来很神奇不？

农历二月初二，北方用黍面枣糕，油煎了，那就是黄米枣糕。又有面和稀，摊为煎饼，叫做"薰虫"。

我故乡无锡，讲究农历二月二龙抬头，应该吃撑腰糕——把正月里没吃完的年糕，切了片，炸了吃。讲究的，加绵白糖，再来点芝麻。真是又糯又甜。

清明前，该吃河豚了，大概因为早春，如苏轼所谓"正是河豚欲上时"，喝芦芽汤，各家煮过夏酒。此时吃鲊，就叫"桃花鲊"了。

《浮生六记》里，写苏州人清明节去春祭扫墓，请看坟的人掘了没出土的毛笋煮羹吃。好玩的是，苏州有人相信笋虽然味道鲜美，可是容易克心血，应当多吃些肉来化解。

农历三月二十八，东岳庙进香，吃烧笋鹅，吃凉饼，糯米面蒸熟加糖碎芝麻，就是糍巴——现在写作糍粑。

还要吃雄鸭腰子，据说大的鸭腰可值五六分银子，可以补虚——后来相声《报菜名》里有烩鸭腰，我怀疑，鸭腰流行，就从这里开始的。

农历四月二十八，药王庙进香：吃白酒、冰水酪。这两者都算饮料。

冰水酪当时在北京流行，是因为元朝王公多游牧民族习惯，大家也习惯吃酪了。

取新麦穗煮熟，剁去芒壳，磨成细条食之，名曰"稔转"，算是这年五谷新味的开端。"稔转"似乎现在山西还有，用新麦或燕麦做的，的确有谷物香。

农历五月初五端午，饮朱砂、雄黄、菖蒲酒，吃粽子。这我们都很熟悉了，过端午的一套嘛，明朝很规范了。

粽子在西晋时就有，叫做角黍，过节时吃的，本质是时令点心。宋朝的《事物纪原》里，提到粽子有加枣子、栗子与胡桃这些馅儿的了，这几样都偏甜。

之后的甜粽子，应该都是这么下来的：加枣，加豆沙，偏甜，当时令点心吃。

咸粽子说是咸的，其实很细分，不只是加个盐。比如嘉兴肉粽、温州蛋黄肉粽、四川"鬼饮食"所谓椒盐粽，潮州还有往粽子里加冬菇虾米的，广东还有加火腿腊味的……

我们无锡人，甜粽和咸粽都吃。老一辈人一般这么觉得：甜粽就是点心，偶尔如端午节前后的早饭，白粽蘸点糖就垫巴了；咸粽是稍微庄重一点儿的小吃，甚至可以当主食或消夜吃。

吃白甜粽有一点儿与吃油条是通的：都爱吃那点儿尖。

吃馅儿粽有一点儿与吃包子是通的：吃了馅儿后，特别满意被馅儿汁濡透了的粽子或包子皮。

明朝时过端午，还要吃加蒜过水面，这比较有趣了。过水面就是冷淘面，这就又让人想到杜甫那个"槐叶冷淘"了。的确要入夏了，天热容易没胃口，吃冷面就蒜，的确挺好。

农历六月初六，又要吃过水面了，还得嚼"银苗菜"，也就是藕的新嫩秧。

立秋时节，吃莲蓬与藕。天启皇帝爱吃鲜莲子汤，又喜欢鲜西瓜种微加盐焙用之——就是西瓜子了，也不知道皇帝是亲自嗑瓜子，还是有人帮着剥皮，让他吃现成。

农历七月十五中元节了，甜食房进供佛用的波罗蜜，大家在这个月得吃鲥鱼，赏桂花。鲥鱼很值得一提，容后细说，只请您注意——这时宫里吃的该是新鲜鲥鱼。

农历八月初一起，开始拾掇月饼，加上西瓜与藕，互相赠送。与今时今日也差别不大。

农历八月十五中秋，家家供月饼瓜果，大吃大喝，往往通宵。月饼若还有剩的，收纳在干燥风凉的地方——因为古代没冰箱，到那年年底，大家分着吃。这时就不叫月饼了，叫团圆饼。这个月开始酿新酒，蟹也肥了。

宫眷内臣吃蟹时，自然须吃活蟹，洗净，蒸熟，众人五六成群，坐在一起吃，嘻嘻哈哈的。揭了蟹脐盖，挑剔出肉来，蘸醋蒜吃了下酒。能将蟹胸骨剔干净成蝴蝶状，大家都夸赞手巧。吃完螃蟹，喝苏叶汤，用苏叶等洗手。这跟今时今日吃蟹，也没什么区别了。

农历九月初一起，吃花糕，吃迎霜麻辣兔，饮菊花酒。开始糟制瓜茄等菜，那是预备过冬的酱菜了。

以前北京的山东馆子，极聪明，每逢重阳节，不只喝菊花酒，还出个"菊花锅子"。因为重阳节是入秋，须进补，可是宅门里太太小姐，多有体质类似于林黛玉的，纤弱不胜，不能跟北方大汉似的狂吞涮羊肉。用菊花瓣儿撒火锅里，另加刻意削薄的鱼片、羊肉片、藕片等物，一涮就熟，温润中不失清和，专门迁就太太小姐们。袁枚《随园食单》里则说过一个栗子糕，是重阳小食：把栗子磨成粉，与糯米和糖，蒸成糕，加瓜子、松仁，当零食吃。想见甜软香糯，怎么吃都不会伤脾胃。

正经重阳节传统食物，就是重阳糕。最初是隋唐之际，重阳节还带祭祀秋天的任务，黍秫收获，于是用黏米来做糕，大家边吃边感谢上苍；富贵人家用枣子和栗子混合做，图个香甜。北宋末年，重阳糕已经成了规模：蒸得了糕，还要加石榴籽、栗子黄、银杏、松子肉，上面插剪彩小旗，为了图漂亮；偶尔还会加猪羊肉和鸭子。明朝时还有种玩法，是拿重阳糕搁儿女额头，祝愿："愿儿百事皆糕（高）。"取谐音，图个吉利。重阳糕历来配方不一，但高热量、高糖分是必需的。无非为了大秋天，补一补气罢了。

菊花酒的规矩不难解释：中国人自来喜欢吃花喝花，不独菊花一味。屈原"夕餐秋菊之落英"，是直接吃的。曹丕趁重阳节，给钟繇送菊花，认为那天一切植物都萎靡，只有菊花"纷然独荣"，若非"含乾坤之纯和，体芬芳之淑气"，怎会如此？菊花用来泡茶就很香了，泡酒更妙，而且不只重阳节能喝。《金瓶梅》里，夏提刑和西门庆交好，到农历十月份还制了菊花酒送来。西门庆嫌这东西"香潲气的，没大好生吃"，后来要吃时，"碧靛清，喷鼻香"。喝菊花酒有讲究：未曾筛酒，先掺一瓶凉水，"以去其蓼辣之性，然后贮于布甑内"，这样再筛出来，醇厚好吃。这意思很明白，菊花酒香得有蓼辣之性了，要加水稀释才好喝。王维想象山东兄弟"遍插茱萸少一人"，很感伤，其实兄弟们登了高，香甜的菊花酒喝着，重阳糕黏而又甜地吃着，还自觉能延年益寿，再感伤也有限，苦的倒是他自己，只好"每逢佳节倍思亲"了。

到腊八，自然要腊八杂果粥米，用来煮腊八粥的。之前几天，就得将红枣槌破泡汤，到初八早上，加粳米、白米、核桃仁、菱米煮粥，供佛圣前，举家都喝腊八粥，还要互相送。

南宋《梦粱录》里说得明白："十二月八日，寺院谓之腊八，各寺俱设五味粥，名曰腊八粥，亦名佛粥。"

《东京梦华录》说得更明白些："初八日，街巷中有僧尼三五人，作队念佛……诸大寺作浴佛会，并送七宝五味粥与门徒，谓之腊八粥。都人是日各家亦以果子杂料煮粥而食也。"

后来李福还有个《腊八粥诗》："腊月八日粥，传自梵王国。"

我很怀疑，世上有没有所谓"最正宗的腊八粥配方"。因为这玩意一望即知，就是各种果子杂烩，有什么煮什么，很本分。物尽其用，不浪费就好。我外婆以前到了腊八，翻箱倒柜，把家里存的各色玩意，花生莲子、赤豆绿豆、粳米糯米，煮一锅，供一碗给观世音菩萨。

其实更像是怕浪费、清粮库，但说起来振振有词，无可辩驳："主要是看个诚心！你看我什么都拿来给观音菩萨了，一定能得好报！"

回头就偷偷塞给我几个干枣子，让我赶紧吃。枣子干了之后不脆，但甜，我吃得快活。

问外婆："这样观音菩萨不怪罪吗？"我外婆也有的说："我是对外孙一片好心，菩萨心善，看见也装没看见。"

家煮的腊八粥有多好吃，也未必；好处是口感繁密，坏处也在于此——火候不一定都到了，大多数时候，就是一锅稠。反正冬天喝粥，也不在意这个。吃着热乎，喝个热闹，稀里呼噜的。加点糖，小孩子尤其爱吃。世上大多数事追根溯源，原初的模样，都和现在的形态大不一样。有生命的文化，就是这样的。

粥热乎好喝就成了，管他呢。

话说回来，前辈们善于将一切节日过成吃节，说来似乎不甚严肃，其实古代岁时叵测，生活并不那么容易。每个节日，神神鬼鬼很叵测，亲人又未必在一起。不认真吃点东西，真过不去——世事已经那么艰难，每逢佳节倍思亲，还不让吃口好的，怎么对抗无常世事呢？

咖啡可以加什么？

在巴黎读书午休时，很多同学午饭不太认真吃，习惯咖啡机买杯咖啡，就算午饭了；加点牛奶是常规操作；奢侈的会加点热巧克力。

同学里什么人都有：委内瑞拉来的穷建筑师，意大利唱女高音的小姐姐，马来西亚的富二代小哥。我们笑说富二代肯跟我们同甘共苦喝咖啡真难得，腼腆的小哥挺认真地说这不算啥，还认真地说，知道自己有退路的吃苦都不算吃苦，更像是安全的历练。

这算个例子——喝咖啡可以是件挺家常的事。会显得稀罕，无非是物离乡贵——2012 年秋天的巴黎，一碗正宗鳝丝面可以比一份牛排贵。以及，可能咖啡像许多其他饮品似的，靠一串外来语，提了格调。

咖啡搭配其他味道，可以分门别类，也可以简单粗暴。老喝咖啡的人，自然懂得领略其美味，甚至可以做出各色完美搭配。

比如肯尼亚或牙买加的咖啡，就很适合草莓或蓝莓，搭配得出明亮的果酸味。

比如坦桑尼亚咖啡那种比较轻盈的，就很适合搭配桃李杏这类偏甜的水果。

哥斯达黎加的咖啡味道重？搭配水果派，特别好。

哥伦比亚的咖啡略苦？那就搭配牛奶巧克力和白巧克力这类浓甜的。

据说巴西咖啡适合搭配黑巧克力。

阿拉比卡略酸，不妨搭配巧克力慕斯试试。

印尼咖啡适合搭配焦糖类糕点。

苏门答腊咖啡重焙后，甚至可以搭配烤肉。

香蕉搭配一切咸苦味道，都余韵悠长。比如，香蕉打成泥，搭配加盐咖啡。但也可以有一个，我认为非常简单粗暴的美味原则：咖啡 + 甜味。毕竟，大多数普通人，并不是一下子就喜欢上咖啡的。

说来有趣，直到 19 世纪中叶，巴黎人还相信，东方人——确切说是土耳其人——最懂得喝咖啡。小说《基督山伯爵》里，基督山在 1838 年的巴黎宣传土耳其式的喝咖啡法，并视为高级。大概是因为咖啡最初从埃塞俄比亚兴起，流行于阿拉伯世界。1530 年，大马士革就有咖啡馆了。在 1554 年前后的伊斯坦布尔，奥斯曼帝国的人管咖啡叫"黑色金子"。那会儿阿拉伯世界和西方世界不太对付，所以西欧人对咖啡，最初有警惕心。直到16世纪后半叶，教皇克莱门特八世给咖啡行了洗礼，从此西欧世界才可以好好喝咖啡了。

有个传说中的逸闻，不知道真不真。据说当时有人反对说，咖啡是异教徒的玩意儿，不能喝。但教皇的逻辑很精妙："上帝创造这么好的饮料，怎么会只给异教徒喝呢？一定是赐予我们这些好人的。"于是下头一起跟进，说喝咖啡可以保持头脑清醒，有利于更专注地侍奉上帝。

但欧洲人也不是一开始就爱喝咖啡。1610年，大明万历朝三十八年，英国有位叫乔治·桑兹的先生念叨："咖啡颜色如煤烟，味道也和煤烟大同小异。"

伦敦第一家咖啡馆，据说开在圣迈克尔·康希尔坟场。现在谁会把咖啡馆开在坟场呢？老板帕斯奎·罗西先生对外打的口号是：咖啡可以治头疼，治感冒鼻子不通气，治肠胃气胀，治痛风，治坏血病，防止流产，治眼睛酸痛。您是卖饮料还是卖药？

到最后，全世界最风行的喝咖啡方式，依然是搭配各色甜味。

巴西有所谓Cafézinho的传统喝法：水倒在锅里，加黑砂糖充分溶解，煮沸。糖水沸腾时，下咖啡粉，搅拌均匀，滤过，喝。

哥伦比亚有种叫 Tinto 的喝法：黑咖啡加 Panela 糖——未精制的全蔗糖，许多有烟熏和焦糖风味——和滚咖啡一起煮到浓甜加苦，一起喝。

您看，在咖啡的原产地，人家喝得挺甜——甚至是，非常甜。

"咖啡 + 甜味"的加强版，就是"咖啡 + 甜味 + 酒"。东欧人往咖啡里加甜酒，一战前线捷克士兵补给时都有这配置。希腊人往咖啡里加乌佐和蜂蜜的也有。

"咖啡 + 热黄油 + 朗姆酒"的搭配也很流行。"咖啡 + 燃烧白兰地 + 方糖"，即所谓皇家咖啡，传说是拿破仑的挚爱。所以，"烈酒 + 咖啡 + 甜味"，整个地球都这么喝。

当然，许多喝惯的人会觉得甜味、奶味影响喝咖啡的口感，觉得还是直接 Espresso 一口闷比较爽。但哪怕是意大利人，也未必那么硬核。

我在意大利看见一位老先生，自己用摩卡壶煮咖啡。煮完了浓浓一杯，加糖，不太搅，就愣喝。喝到最后，咖啡杯底，自然积了一层没融的砂糖，老先生反而慢下来，一口一口，喝那想必浓甜泛苦的咖啡。最后咖啡尽了，咖啡杯底只有一点儿咖啡色的砂糖了，我看他用咖啡勺，一点一点，将这咖啡味的砂糖送进嘴。不知道这是什么喝法，只觉得最后那几勺，味道一定很好。

以我所见，人类有些基本的需求，是写在基因里的：饮食男女，人之大欲；贪生怕死，好逸恶劳，乃是天性；渴要喝，饿要吃；想吃口甜香。有些厉害的人能从咖啡的苦味中获得快乐与满足，但不意味着"咖啡＋甜味"是错的——实际上，那是真的挺好喝的。

花样更多更足的，还是咖啡加牛奶。

咖啡有拿铁与欧蕾，然而意大利语中的拿铁 latte 等于法语 lait，都是牛奶。只是法语要加个介词 au，所以 au lait 欧蕾，英语就是 with milk，西班牙语就是 Café con leche。

当然技法有区别，拿铁用"意式浓缩咖啡＋鲜奶＋奶泡"，欧蕾用"黑咖啡＋牛奶"。但终究是"咖啡＋牛奶"。

浓缩咖啡＋蒸汽发泡牛奶＝卡布奇诺。好听，但这词的典故并不太美丽。意大利有个教派 Cappuccini，中文译作"嘉布虔兄弟会"。这一派人，喜欢穿浅褐色袍子。意大利人后来搞出了种咖啡喝法：用奶泡打在咖啡里，色彩特殊，很像嘉布虔派的袍子，于是借了 Cappuccini 起名——这就是卡布奇诺（Cappuccino）。

有种咖啡喝法叫馥芮白，听着极美，我初听时以为和啤酒福佳白是姐妹。一看原文，Flat white，新世界（新西兰）流行的、用比较平滑不怎么起泡的牛奶调的咖啡。

顺便说一句，福佳白是 Hoegaarden，和 Flat white 没关系。但馥芮白、福佳白，听起来差不多。翻译的辞藻选用，真讲究啊。

浓缩咖啡＋奶沫＋巧克力（糖浆）＝摩卡。

浓缩咖啡＋浮面牛奶／奶泡＝玛奇朵。

深烘咖啡＋甜炼乳＋冰（＋菊苣）＝越南冰咖。印尼也有类似风格。

越南咖啡用炼乳，最初是因为天气热，鲜牛奶不好储藏，炼乳代替鲜牛奶。题外话，越南咖啡浓甜发躺，也算一种风格。越南天热，户外敞开，街头摆一溜小凳就可以是个咖啡馆，摩托车来往穿梭，登萍渡水无所不至，车一停要一杯咖啡，抬腿就走。

西班牙人也会用浓缩咖啡加甜炼乳，就是所谓 Bombón 咖啡。

所以您看，咖啡单上各种花里胡哨的欧蕾、拿铁、卡布奇诺、玛奇朵、摩卡等，听来神秘，说白了，就是"咖啡＋牛奶"的各种花式操作。只因多是外来语，所以在中文语境里好像很玄妙。

我之前翻译海明威名作《流动的盛宴》时，看到海明威自称喝咖啡 au lait，就问编辑："我该让海明威喝牛奶咖啡，还是喝欧蕾？"

前辈翻译家会直接翻译成"牛奶咖啡"。原文是"欧蕾"，但"海明威喝欧蕾"，听来有点儿微妙的别扭感，好像在看时尚杂志。毕竟"欧蕾"在中文语境里，被赋予了点别的意味，而当时海明威是个没了记者工作、蹭咖啡馆暖气、为省钱不太吃午饭的穷光蛋。

反过来证明，咖啡实在可以是平民的饮料——哪怕在一百年前的巴黎。

哥本哈根大学的科学家研究过一个结论，咖啡加牛奶，可以形成超强抗炎物质，大概对健康有益吧。但爱喝这一口的人，大概也不是冲着抗炎去的，无非当做日常的案头咖啡因续命饮品。

如上所述，咖啡、茶饮在现代食品工业时代，没那么高贵了。

实际上，在快一百年前的小说《骆驼祥子》里，体力劳动者祥子拉车喝茶，还要加点糖补充能量呢。许多外来的产物，本来靠信息差维持一点儿神秘感和格调，维持体面与溢价，那是商业行为。

但好饮品本身无罪。放松一点儿，喝得开心就好。

夏天就吃这个

我们故乡的惯例，到夏天为了养生，家常多喝稀饭。本地称稀饭为泡饭，与粥相比，有浓淡疏密之别，但通常规矩，粥和泡饭的配菜待遇一样，与白米饭的配菜有俭奢之别。配饭的菜，浓艳肥厚，是金堂玉马的状元；粥菜就复杂些，样子上得清爽明快，所谓清粥小菜，但也不纯是落第居村的秀才。

用老人家的说法：夏天喝粥，得配有味的素菜。不素则油腻，没有味则吃不下去。

粥菜清鲜，才能好好过一夏天呢。

夏丏尊先生说他当年会弘一法师，法师吃饭只就一碟咸菜，还淡然道"咸有咸的味道"。姑不论禅法佛意性，只这一句话会心不远。吃粥配菜，本来就越咸越好，得有重味——这点和下酒菜类似。所以下粥时吃新鲜蔬菜不大得劲，总得找各类泡腌酱榨的入味物事。

我外婆她老人家善治两样粥菜：腌萝卜干、盐水花生。做萝卜干讲究一层盐一层萝卜，闷瓶而装。有时兴起，还往里面扔些炸黄豆。某年夏天开罐去吃，咸得过分，几乎把我舌头腌成盐卤口条。萝卜本来脆，腌了之后多了韧劲，刚中带柔，口感绝佳。配着嘎嘣作响的炸黄豆吃，像慢郎中配霹雳火。

老年代各家老阿婆，都会自制酱菜：黄瓜、莴苣、萝卜、生姜、宝塔菜之类。酱腌的东西美味，黄瓜爽，莴苣滑，萝卜韧，生姜辛，宝塔菜嫩脆得古怪。可以自己吃，可以送人。酱菜配粥胜于泡饭。因为粥更厚润白浓，与酱菜丝缕浓味对比强烈。

也有人嫌萝卜干太质朴，嫌酱菜太工笔山水，就爱单吃蒜头下粥。我小时候初吃蒜，苦心经营地剥，真有"打开一个盒子内藏一个盒子"的套娃式喜剧感。最后剥出一点儿蒜头，吃一口，眉皱牙酸鼻子呛，好比鼻子挨了一拳。当然，有了心理准备后，生蒜头真是佐粥妙方。萝卜还需盐这点外力助味，大蒜天然生猛，小炸弹一样煞人舌头。

江南普遍认为豆子是半荤，所以豆制品尤其是豆腐干，可以代替肉做粥菜解馋，还很有营养。我爸爸懒起来就小葱加盐拌个豆腐下粥，勤起来就烫干丝。

烫干丝和煮干丝是早年扬州泡茶馆的客套礼数。比如甲说："今天请你煮个干子。"乙客气地回答："烫个就行，烫个就行。"我以为煮干丝宜饭宜酒，烫干丝宜茶宜粥。我那里的家常做法：豆腐干切丝，水烫一遍去豆腥味，然后麻油、酱油拌之，味极香美。

夏天煮粥，宜稀不宜稠，若非为了绿豆粥借绿豆那点子清凉，吃泡饭倒比粥还适宜。粥易入口、好消化，但热着时吃，满额发汗；稠粥搁凉了吃，凝结黏稠，让人心头不快。泡饭是夏天最宜。江南所谓泡饭其实很偷懒，隔夜饭加点水一煮一拌就是了，饭粒分明，也清爽。医生警告说不宜消化，但比粥来得爽快，也是真的。

日本料理里有种泡饭，是九州的地方风味：小鱼干、小黄瓜丝、紫菜熬成味增汤，搁凉了，浇白米饭上。夏天若被高温蒸得有气无力少胃口，就指着这个吃了，鲜浓有味，还凉快。如果有碎芝麻粒，铺在饭面上再浇汤，更香美入口。

夏天喝粥，还宜吃藕。脆藕炒毛豆，下泡饭吃。毛豆已经够脆，藕则脆得能嚼出"嗞"的一声，明快。生藕切片，宜下酒。糯米糖藕，夏天吃略腻了些，还黏，但配粗绿茶，意外地相配。

最好的还是咸鸭蛋。咸蛋分蛋白、蛋黄。好咸鸭蛋，蛋白柔嫩，咸味重些；蛋黄多油，色彩鲜红。正经的吃法是咸蛋切开两半，挖着吃，但没几个爸妈有这等闲心。一碗粥，一个咸蛋，扔给孩子，自己剥去。

吃咸蛋没法急。急性子的孩子，会把蛋白、蛋黄挖出来，散在粥面上，远看蛋白如云，蛋黄像日出，好看，但是过一会儿，咸味就散了，油也汪了。好咸鸭蛋应该连粥带蛋白、蛋黄慢慢吃，斯文的老先生吃完了咸鸭蛋，剔得一干二净，寸缕不剩，留一个光滑的壳，非常有派头，可以拿来做玩具、放小蜡烛。小时候贪吃蛋黄，总想着什么时候能只吃蛋黄就好了。后来吃各类蛋黄豆腐的菜，才发现蛋黄油重，白嘴吃不好，非得有些白净东西配着才吃得下。

西瓜，瓜肉剔干净些，剩下瓜皮，也能吃。刮去瓜皮外层，将西瓜皮切块，直接酱油一拌，清脆可口，用来下粥；晒干来炒个鸡蛋，更好。西瓜皮切丝和莴苣拌一处，可以做凉菜。夏天，一整个瓜寸缕都不浪费。

就这样，夏天可以一整天不见荤腥，也不觉得嘴里淡。清清爽爽一个夏天过去，到西瓜也买不到时，那就是秋天了。

热干面、羊肉汤和杀猪菜

巴黎十三区接近舒瓦西门，有过一家店，老板笑起来像濮存昕。他店里最初的菜单，一半是韩餐，另一半是淮扬点心。又在菜单一角，藏了几个菜，岐山臊子面、凉皮、肉夹馍。

我请老板来个狮子头看。看时，一惊。江苏人对红烧狮子头，颇有些腹诽。原教旨主义狮子头爱好者，有一套成法在心：狮子头嘛，细切粗斩，肉不能斩太细，不然没肉味；也不好用酱油太重，有酸气；好狮子头慢慢焖好，须清香而不腻，这功夫，一般店里做不了。老板这个店里偏是艺高人胆大，白灼狮子头，肉的口感也峰峦起伏，松而不垮，韧不失弹。真好。

再要了岐山臊子面，老板还担心地补我一句："这面是酸的！"我说："我晓得，来来。"岐山臊子面，薄、筋、光、煎、稀、汪、酸、辣、香，一味酸最难调。酸不重，不解腻；

如果过了一点儿，就难以入口。我吃了一筷子，吸溜下去，是正经酸香，真好。

热干面，点了。

"这热干面怎么样？"老板看我的眼神，仿佛我大学宿舍舍友等着我鉴定完他预备拿去表白的情书似的。

"挺好的啊！我就觉得……"我说半句话头，老板如汤姆猫揪住杰瑞鼠似的，连问："就是，觉得？"

"似乎武汉的热干面，要稍微粗一点儿，口感也要稍微有颗粒感一点儿？"

"对对！"老板搓手道，"我就是怕面太粗，口感会单调，拌麻油久了，又腻；热干面做早饭，单调点不妨；做午饭、晚饭的主食，面就细一点儿，柔顺些。"

"总体很好吃！"

老板搓着手，在柜台后来回转了两圈："那就好，那就好。"

老板说他是西安人，在湖北学画。一张口"曹衣出水，吴带当风"，来巴黎前，国内大江南北，算都待过。画画，也爱做菜。爱做到什么地步呢？他开店，列菜单，写了一大堆菜，后面勾着，意思是这是有供应的；又一堆菜，没打钩，意思是——暂时不供应，但我在琢磨呢！

他每琢磨出一道新菜，在黑板上刷刷写了。到秋天，他琢磨出了热干面。到冬天，琢磨出了羊肉汤。

"这羊肉汤尝味道尝得！都流鼻血！"

先前，我跟老板说，西安有羊肉泡馍，老板说，对。但用店里做肉夹馍的馍弄成泡馍，总是不大对。且巴黎冬天，羊肉汤怎么保温呢？

到入冬，技术难题解决。老板别出机杼，将店里韩餐料理的石锅拿来，盛了羊肉汤——每天熬一晚上熬得的，端上来时"咕嘟咕嘟"打滚。将店里配韩国烤肉用的葱蒜，另放一碟上，自己酌情放羊肉汤里，烫出香味来。最让我叫绝的是两张现烘葱油饼。

"这个好还是馍好呢？"老板问。

"这个好。"

我把葱油饼撕了，扔汤里泡着，葱蒜一把把扔羊汤里。被热腾腾羊汤泡发了的葱油饼，绵柔酥脆；被羊汤泡过的蒜没了辣劲，都泛甜了。羊汤真好，厚而且润。我都觉得，自己要流鼻血了。

"我寻思，过年除了这个，还要有蹄髈才是！"

但老板的创意并不是线性而行的。转过年来，我去看时，菜单上多了杀猪菜。我诧异了："酸菜怎么做的？"

"自己腌的。"

"血肠呢？"

"自己做的。"

要了杀猪菜坐下，老板多问了一句："不是外带，在这里吃是吧？"

"是是！"

"不赶时间吧？"

"怎么？"

"不赶时间的话，我多炖一会儿。"老板比画，"酸菜、白肉、血肠，多炖一会儿才有味，才香，才厚。我下的料多！"

"多炖会儿！多炖会儿！"

老板是那种人：平时温和礼貌，不知所措地笑笑，爱搓手——有些手不知往何处放的意思。若将话逗出来了，就爱聊，滔滔不绝。

冬天，晚饭饭点儿，店里比白天安静许多。老板不忙时，在后厨和柜台间播曲子：张国荣、许冠杰、陈百强。

"这个大盘鸡，我琢磨了，不能放洋葱，久煮会烂；孜然撒两遍，味道会深厚一些。"

"香辣锅，汤底放一点儿米酒，感觉会香一点儿，味道厚一点儿。"

"羊汤的鲜味，主要在骨头。羊肉反而不能多炖，要嫩一点儿，才鲜。"

"清朝的艺术，已经有些太浮夸了。太艳。我喜欢宋朝，好，宋画，宋的青瓷。"

"我不太懂粤语，就看歌词，觉得老香港的歌好听，许多老粤语词有古韵。你听张国荣这个咬字，有没有一点儿，唱曲子词的感觉？"

就是这样一个，故乡在岐山的西安人，在武汉和襄阳学画，来巴黎开了馆子。一边画画，一边琢磨：面条细一点儿，碱少一点儿，多一点儿辣子，做成细条加辣的热干面；用韩餐的石锅盛羊肉汤以保温，用葱油饼代替馍；结合德国酸菜的手法腌酸菜，自己做血肠，做杀猪菜。

边发明新菜，边听张国荣的歌。

鲜味是什么味？

酸甜苦辣咸，五味。咸该排第一，酸甜苦辣这些味道，都是配角。有了，好；离开了，也不会死。咸味才是人生第一需，没有盐，东西都吃不下去！

明朝宋应星写《天工开物》，提到盐，明说咸味对人类的意义独一无二，正所谓："口之于味也，辛酸甘苦经年绝一无恙。独食盐禁戒旬日，则缚鸡胜匹，倦怠恹然。岂非天一生水，而此味为生人生气之源哉？"

人类历史上找甜味，大略是麦芽糖、甜菜、蜂蜜与各类水果。甜品就是一场轻软柔滑、浮光掠影，其实虚无缥缈但那瞬间很甜蜜的海市蜃楼。

比起咸和甜，酸不算是正味，但不论是醋与梅汁这类外来调味，还是发酵腌制的酸，都撩人开胃、刺激诱惑，能勾人。活跃跳脱，略刺人，味道好，够诱惑。

辣，墨西哥人考证说，重辣能刺激人脑产生快感，所以辣是个火烧火燎、囫囵吞枣、狼吞虎咽的、刺激性的火炽之感。

酸甜咸辣，我们都知道了，与醋糖盐及辣椒，一一对应，很天然。但汉字中还有个更高级的味道——鲜。

鲜与咸，并不能画等号。咸味很单纯，鲜味则带一点儿发散的味道，有酸与辣的微微刺激性。鲜极了的汤，会让人"吸溜"一声，觉得头皮发麻、背上发凉，让人感觉美好。所以有"鲜美"这说法，没有"咸美"或"辣美"。

所以，怎么才能得到鲜味呢？

汉字"鲜"是鱼羊来凑，的确，鱼汤、羊汤都鲜。

现代科学家会总结：鲜味来自谷氨酸盐和核苷酸。1908年，日本化学家池田菊苗搞出了味精——谷氨酸钠。好像忽然之间，鲜味就不那么神秘了。

但我的父辈们做饭，不太喜欢味精。寻常人家，会说味精吃了口渴；挑剔的，会说味精的鲜味不正。哪里不正呢？哎呀，反正就是不正啊！

我大概这么理解：喝过鲜榨果汁的人，一定都明白这道理——比起超市售卖的、浑然一体的瓶装果汁们，日常鲜榨的果汁，未必会那么甜，也许会酸些，甚至会有涩味。喜欢的人，会觉得这是鲜活滋味。这点酸与涩，是为了果汁的新鲜度，付出的一点儿小代价。

味精的道理，就像是瓶装果汁——味精的鲜味，被提炼得太纯了，太浑然天成了，过于完美。

日本传统做汤头，鲜味就不是凭空来的，得是昆布加鲣节，还有些要加猪骨呢。有些日本老料理师傅，怕味道太重浊，会把昆布在水里过一下；木鱼花即鲣节，也是烫过便捞起。我去老拉面馆，见到过两位老师傅在案内，面色凝重，一人舀起一勺汤头让另一人喝，目光炯炯，见另一人肯定地点点头，这才放了心。

在老店铺里，质量检查都是靠老师傅们身经百战的舌头。

我妈按江南老法子教我炖汤：好的食材，比如好鸡好鸭，用葱姜酒，下时间，耐火候，慢慢炖出来了味道，最后加盐，味道全出。如果有好食材就事半功倍，比如苏州、上海、无锡人每年春天要吃的腌笃鲜：猪肉、咸肉洗净，大火烧开，加点儿酒提香，慢火焖，加笋，开着锅盖等。咸肉有岁月、盐与猪肉联合运作出来的醇浓的味道——本来排骨炖笋好在清鲜，但终究淡薄，总得加味精与盐；但是加了咸肉，像新酒兑陈酒，一下子多层次多变化了。咸肉是一锅腌笃鲜的魂灵所在，汤白不白厚不厚，味道鲜不鲜醇不醇，都是它在左右。

法国人做汤头有流程，我见过的厨房是：取小牛骨头，关节处最好——为的是动物胶，放进烤箱，烤得微微发焦后，与蔬菜（胡萝卜、洋葱、大蒜、生姜等，就不用提了）切片一起放进深水锅里，满熬，去渣，下大葱等香料，熬透之后，自带鲜味。许多老师傅在这方面颇为执拗：本国的奶油、上好的汤头，这才能做好酱料。我认识的一位布列塔尼大厨，信奉用本地奶油、本地牛骨，才有味道，他处的汤头都不好。不好在哪里呢？不知道，反正不好！

世上天然鲜美的也有，比如笋，比如菌类，比如鸡枞之类的神物，但毕竟太少了，而且递给你个生菌干啃，也不会鲜；再好的松茸，也得撒盐略烤，或是拿来蒸透，才有味道。

这就要说到老成语"山珍海味"了。海味，因为真有鲜味。海味的妙处是，一旦凝缩成了干，鲜味也就凝缩了，且日久不散，到需要时发开来，鲜味流溢。墨鱼干就是如此。希腊基克拉泽斯群岛到冬天，便有卖晒墨鱼干的。拿回家里做墨鱼饭也罢，发开了炒青椒洋葱也罢，都很鲜。最懒的时候，墨鱼干发开了，打个鸡蛋进热水里，就是一锅墨鱼蛋花汤。墨鱼干没发开时，灰头土脸；发开之后，莹润鲜跳。夏天配萝卜，冬天配冬瓜，但凡借一点儿鲜味便厚润的菜，被墨鱼干一激，就能飞起来。我有长辈每次去海边吃东西，都眉飞色舞，形容说："鲜得眉毛要掉下来！"

大概这就是鲜味：一点点因缘匹配，一点点时光发酵，最后能让人吃了，觉得美，觉得快乐，觉得花在这些上头的时光是值得的。

好的调味

我也曾相信过那句话——"好的食材不需要复杂的调味，吃本味就可以了"。于是有一次，吃饱了咖喱蟹、炸鱼饼、冬阴功汤，喝鱼露配炸鱼后，跟一位泰国朋友聊。我说泰式菜香料真多，香茅、九层塔、青柠檬、辣椒、椰奶、南姜、酸子、青葱，什么都敢加；咸甜辣苦愣是敢往一起招呼，不怕复杂，怪，但好吃。

朋友说，泰式饮食在海外受欢迎，大概就因为这个。动不动一堆新鲜食材生吃，让吃惯沙拉的人觉得健康。再来点香料调味，饶有东方风情。虽然难上大雅之堂，但确实好吃。

我提出疑问：好多人都爱说，好食材不讲究复杂调味，本身就挺好吃；那泰国菜香料这么多，调味这么杂，不就坐实廉价饮食吗？

朋友摇头，说这话他听得多了，仔细想想，其中是有陷阱的：好的食材不需要调味，没错——可又不是人人都吃得起好食材。

这么一想，也对。世上并不是每个人都买得起好的食材，吃得起好的本味。好的调味，让买不到好食材的人，也能获得不错的体验。

比如重庆火锅和川菜，许多食材都是边角料。夫妻肺片最初是"废片"，没人要的牛头皮。毛肚、鹅肠、黄喉这些犄角旮旯的玩意，因为牛骨汤、牛油、豆母、豆瓣酱、辣椒面、花椒面、姜末、豆豉、食盐、酱油、香油、胡椒、冰糖、料酒、葱、蒜、味精，而变得好吃。

类似的，都知道香辣料的典范是咖喱。英国人相信咖喱的底是姜黄和胡椒。但是克什米尔人，用辣椒和鸡冠花汁来焖也许不那么好吃的羊肉；孟加拉人用大量芥末来料理也许不那么好的鱼；马来西亚人做咖喱，则喜欢加更多的姜黄、椰奶、葱姜、虾酱和大蒜；菲律宾北部也产椰子，所以很喜欢用椰汁做菲律宾咖喱鸡；泰国南部的咖喱也会加椰奶，然后加洋葱、青葱、青柠叶、柠檬草和高良姜。

如果好的香料调味能让普通的食材变好吃，那又得罪谁了？好吧，也许会得罪一些人。

1960 年前后，还有美国人抵制味精；英国也曾有厨师抵制松露油。有趣的是，这样的馆子，往往价格不菲，以至于我以小人之心度君子之腹地怀疑，其中一些人是觉得："都让你们这么轻松获得好味道，我们还怎么做生意卖溢价？"

朋友请我去香港上环一家老店。快手快脚、泼辣干脆的香港阿姨三两把抹净了桌，用尽量标准的普通话问我们要吃什么。

卤水和蒸鱼！

卤水醇厚不提，阿姨还加了碟辣，"大陆来的都爱吃点辣嘛"。蒸鱼，阿姨让我们看了全貌，亲手把鱼骨给去了，形状完整，肉如莹玉。我一个自己蒸鱼偶尔成功、经常失败的人，看此妙手，忍不住鼓掌。老板娘又取一碟姜黄色酱来，不由分说浇了下去。

"这是豉油吗？"我问。

"自家调的酱。"

我吃了一口，鲜绝妙绝，借得一缕鲜魂，附在鱼身上了，美味得心生感激。吃了一巡，有心情提问题了。

"这酱啊……"

"我家自己调的啦，不好吃啊？"

"好吃好吃，可就，不是说老港都不喜欢鱼加太多调味料吗？"

"各家管各家啦，我家就是这样。蒸鱼是不能先放盐，不鲜，蒸好了，调味道又没错啦。"

"可是，不是都说，好鱼不用调味也很好吃吗？"

"是不用太多调味，又不是不调味。做什么菜不要调味啊？做鱼翅不也要调味——鱼翅又没味道！"

大概，好的调味，能让本已好吃的食材更好吃，能让不那么好吃的食材变好吃。

本质上，是平等造福世上每个普通吃客。

加一点儿料就好

电影《食神》里有一句经典的台词："洋葱，我加了洋葱。"

当然，电影里是所谓"每一块叉烧的肉汁都被封在纤维里面，有如江河汇聚。里面的筋络已被内功震断，所以入口即化"。但洋葱确实对肉类有用。

动画《食戟之灵》里提过，1936 年，日本有位厨师长想出了加洋葱令牛肉变软这个方法，于是制作出了"可以用筷子划开"的牛肉。

洋葱腌渍的肉类，确实更软滑好吃。但也有位老师告诉我：如果不求滑软，比如大盘鸡，就不宜放太多洋葱，久煮易烂，没口感。以及，孜然撒两遍，味道会深厚一些。

与洋葱有类似效用的，如苹果。做大块红烧肉时，以前我习惯加冰糖或醋，现在是放苹果切片。肉酥烂，脂肪如凝冻，且清爽不腻。烹肉需要加糖或醋时，都不妨试试用苹果来代替。

我在重庆一小摊，吃过一种豆花馓子面：豆花软、馓子脆。花椒面、酥黄豆、油酥花生。老板说他琢磨出加一样东西，一下子就有味了——芽菜。

老板说，只要是豆腐鸡蛋面饭，什么东西要有点儿味，又怕下盐不知道轻重的，下芽菜。

火锅底，众所周知：牛油（重庆有些馆子，牛油是最后当着客人的面下锅的）、牛骨汤、豆瓣酱、辣椒面、花椒面、葱姜蒜、味精、盐、酱油、香油。当然也得有冰糖和料酒。

但我认识的一位师傅说，用醪糟代替冰糖和料酒，熬出来的火锅底醇厚香浓。还说这道理适合一切香辣锅底。

意大利菜口味一旦觉得差了点啥——加一点儿大蒜。

希腊菜口味一旦觉得差了点啥——加一点儿橄榄油和柠檬汁。

东南亚菜一旦觉得差点了啥——加新鲜香菜。

东亚菜一旦觉得差了点啥——加一点儿酱油。

1980年前后，日本有个研究，大致结论：东亚人抵抗不了豆制品（酱油）的鲜味，欧洲人抵抗不了乳制品的鲜味，东亚和欧洲中间的地方抵抗不了芫荽和小茴香。

当然，酱油的美味，不止东亚人喜欢。

我试过请一个斯特拉斯堡出生的法国人吃牛排，酱汁还是老一套，"黄油＋黑胡椒＋酒＋肉汁"，但（调皮地）加了一点儿生抽——他说真好吃啊！

  大概，牛肉有许多种腌制增香的法子，但入口时，酱油和牛肉是绝配。

时间的味道

肉得吃新鲜的，这似乎算是常识。《水浒传》里吴用去石碣村见三阮，三阮问酒家有啥好吃，答曰："新宰得一头黄牛，花糕也似好肥肉。"阮小二高兴："大块切十斤来。"

然而也未必需要这么操作。

早在 18 世纪，欧洲就有这样的技艺模式了：肉牛养殖，是买六七个月的小牛，回去饲养；饲养超过三十个月，宰杀；可这新出来的牛肉，不能立刻嚷着"新宰得一头黄牛"，就端去给英雄好汉吃，而是将牛剖开两爿，需要时还得挂起来。不懂行的人偶尔看见，会吓一跳，觉得两爿肉悬空而挂，腔内毕露，真是残忍可怖，以为误入哪个分尸狂魔家里，背后马上会跳出汉尼拔医生来。

这么做，图什么呢？那时世上没有微生物科学，那些牛肉贩子只是按经验执行，觉得这样可以让肉类"熟成"。现在当然知道了：这么悬挂，可以让肉类的蛋白质，分解成氨基酸，改变肉类的成分，增加肉的风味和口感。大多数时候，用熟成十到十二天的牛肉来煎牛排，比新宰的牛肉要好吃些。

多出来的那些风味，你可以说，就是时间的味道。

制火腿、熏香肠，其实也有类似处理方式：大粒子盐跟猪肉搁一起，本来井水不犯河水；但是加上时光流动的揉搓，再悬挂腌制，味道就慢慢变得醇厚浓郁。

早年间浙江制火腿的行当，老师傅最有权威，他们准确知道时间的秘密。众人环伺，老人家悠悠然走到一堆猪腿面前，使一根挖耳朵勺，戳一戳肉质，然后说一声"成"或者"不成"，就一语定乾坤了。

毕竟人类天生爱蛋白质发酵的味道——奶酪爱好者、臭豆腐爱好者和其他腌制品爱好者举手出列。当然还有其他产物，比如完美的下饭之物酸豆角，就是豇豆、水、盐、冰糖腌得的，咸酸可口，喜欢的人自然无法抵抗。

鲣节是日本人制汤头的秘宝。鲣鱼切好，煮完，反复烟熏（所谓"荒节"），发霉（所谓"本枯"），半年左右完工，就是干硬硬一块鲣节。要吃时，使刨子刨出来，遇热便舒卷如花开，就是木鱼花。这时吃起来，已经和鲣鱼味道大不相同了，尤其是鲣节心蕊，味道浓鲜醇厚，非其他调味能够模仿。这多出来的，还是时间的味道。

日本人爱吃荞麦面，荞麦面本身没味儿，除了昆布酱油调汤和白萝卜泥，就得看酱头：老式做法，荞麦面酱该是"酱油＋热水＋砂糖"，埋三个星期；厚鲣节搁水里，从七升水熬到只剩三升水，得了汤头，倒进酱和味霖，用文火加热，热而不滚，装罐埋一天，蒸热，再埋一天，这就好卖了——这一套做法，复杂如巫术，费钱其实不多，但费工夫。熬煮、焖蒸、埋藏，等候的时光，就是为了客人能说句："这个酱，够味道了。"

除了啤酒和日本清酒，世上大多数酒都是越陈越好。浙江人以前生男生女，埋酒于地下，日后男考中、女出嫁，挖出酒来喝，男的叫状元红，女的叫女儿红。当然并非人人都中得了状元，只是讨个口彩。这酒等闲有十八年时光，醇厚至极，味道自然不得了。

欧洲人酿葡萄酒，年深月久，自然也珍贵；香槟酒则更琐碎，还有门手艺叫转瓶——香槟酒搁着不管可不成，老酒庄讲究须得隔段时间，有谁下去酒窖，把瓶子转一转，换个位置摆。就这么轻手缓脚一转，也是手艺。我一个朋友如此跟我解释："就像沙漏一边倒空了，换一头，让时间继续流。"倘若时间不流，味道自然就变了。

葡萄牙球星 C 罗的故乡马德拉岛，地理位置应该算是西非了，产一种著名的马德拉酒，据说是误打误撞造出来的：远洋航行时，酒在桶里闷久了，颠簸，二次发酵，变出了奇妙风味。如今的马德拉酒当然没那么麻烦，不必每次酿完，都装桶上船，去海上走一遭。只是身为南欧强化酒中的极品，其甜度和风味都浓郁到夸张。马德拉人常搭配蛋糕吃，南法人甚至觉得拿来给煎蛋调味，可与松露盐媲美。这多出来的就是时间的味道。

"饮食男女，人之大欲存焉"，饮食与男女之情也共通。杜拉斯小说《情人》著名的开头："与你那时的面貌相比，我更爱你现在备受摧残的面容。"这话非有经历者，不能理解。昆德拉《笑忘书》里有句更好玩的："女人不喜欢漂亮男人，但喜欢拥有过漂亮女人的男人。"这话有些绕，但大致意思点到了。

人与每一个对象相处，其实都是在和他或她以前的所有爱情做游戏，就像人喝一口酒、吃一块肉尝到的味道，都是在领略这些酒与肉过去经历的时间。时间把饮食与男女雕琢成了他们现在的样子。没有人天生会举手投足不逾矩，翻开小时候的照片总能找到最天真混沌的时刻（当然，在家长的严令下，有些孩子从小就懂得规矩地面对镜头，面无表情）。而他们终能成为如今的样子，这就是时间的味道——好的坏的，都是时间的馈赠，而且会继续不断在时间之流里改变。

所以好的伴侣，懂得时不时给对方转瓶，让他或她可以继续在时间里流动，成长不息。

越冷越好吃

　　小时候，冬天黄昏出校门，卖烘山芋的小贩罗列在侧，橘色火焰暖着眼睛，山芋香味温润沉厚，仿佛蓬松的固体，塞鼻子，走喉咙，直灌进你已经饿空了的肚腔去。没法抗拒，掏钱买了。小孩子心急嘴馋，捧着烘山芋，烫得左手换右手，也不思考一下，手都受不了，口腔如何忍耐，只顾撕开烤脆了的皮，一口咬在烤得酥烂、泛着甜味、金黄灿烂的烘山芋上，像一口咬住了太阳。第一口总是特别软糯好吃，第二口、第三口，就稍微腻了——舌头这玩意，真是刁钻古怪！可是山芋也确实是，闻着比吃着香——这时试着咬一口皮，会觉得，脆山芋皮似乎比芋肉还甜些，耐嚼些。吃完了，满嘴泛甜，满身暖和，暖黄色都装进肚里了——太阳藏肚里了，可以回家了。

　　到冬天的周末，我和爸爸中午一起出门，吃羊肉汤。江南的羊肉汤，大多打着"湖州羊肉"或"苏州羊肉"的标牌。

好羊肉汤，要极好的羊骨头，花时间熬浓熬透，才能香得轰轰烈烈。先沿路买几个白馒头或面饼，进了油光黑亮的小店，招手要碗羊肉汤。店主一掀巨桶盖，亮出蒸气郁郁、看不清就里的一锅，捞出几大勺汤、大块羊排。一大盆汤递来，先一把葱叶撒进去，被汤一烫，立刻香味喷薄，满盆皆绿。先来一口汤，满口滚烫，背上发痒，额头出汗。然后抢起块羊排，连肥带瘦，一缕缕肉撕咬吞下，就着白馒头或面饼吃，塞了肚子。末了一大碗汤连着葱，呼噜噜灌下肚去，只觉得从天灵盖到小腹任督二脉噼里啪啦贯通，赶紧再要一碗。第二碗羊汤会觉得比第一碗少些滋味，所以得加些葱，加些辣，羊汤进了发烫的嘴，才能爆出更香更烈的味道，只觉得脚底一路通透直暖到顶心，全身汗透，衣服全都穿不住了，嘴里呼呼往外喷火。冬天要这么过，才有些滋味呢。

冬天也有这样，越冷越好吃的家伙。以前冬天下雪时，亲戚从北方来，走亲访友，与父亲说当年故事，大笑饮酒，热黄冷白，嚼花生和牛肉，最后亲戚教我们做虎皮冻。曰：猪皮，也可以夹杂一点儿猪肉，下锅煮到稀烂，切成块儿，然后下一点儿盐——喜欢的，搅和点儿豌豆、胡萝卜丁、笋碎。也可以径直把煮烂的猪皮肉调好了味，加一点儿湿淀粉，搁冰箱里。冻好了，取出来切块或切丝。凝冻晶莹，口感柔润，猪皮凉滑，偶尔夹杂的猪肉碎很可口。配着酒，很香。

可以蘸醋，可以蘸麻油。冻得越久，越好吃。

我小时候，无锡的熟食店四季有牛肉供应，但总要到入冬，才有白切羊肉卖，常见人买了下酒。用来下热黄酒或冰啤酒显然不妥，通常是白切羊肉，抹些辣椒酱，用来下冷白酒。连羊脂膏一起冻实了的白切羊肉极香，咀嚼间肉的口感，有时酥滑如鹅肝，却又有丝丝缕缕的细密感，脂膏凝冻，参差其间。一块白切羊肉，柔滑冷冽与香酥入骨交织融合。

过年前后，买包白切羊肉回来能直接冻硬，能嚼得你嘴里脆生生冒出冰碴儿声。吃冷肉、喝冷酒，冷香四溢，全靠酒和肉提神，把自己体内点起火来。因此，冬天和人吃白切羊肉、喝冷白酒，到后来常会如此：两人双手冰冷，吃块羊肉就冷得脖子一缩；可是又面红似火、口齿不清、唇舌翻飞、欲罢不能。

巴黎的冬天，冰箱里只剩土豆和咖喱了，也可以活下去：土豆切块儿，煎一煎，加水，撒咖喱粉，慢慢炖。咖喱粉融的酱，混着炖得半融的土豆淀粉，会发出一种"噗噗啵啵"的响声，比普通水煮声钝得多。这简直就是提醒你：我们这汁可浓啦，味可厚啦，一定会挂碗黏筷，你可要小心哪！等土豆和咖喱融汇了，浇在白米饭上，郁郁菲菲，一片金黄，香气流溢。这还没完，没吃完的咖喱，搁在冰箱里，等一等。次日午间，端出来，咖喱已经冻冷，搁在白米饭上，前一天的浓香已经去了，倒有一种妖异润滑的冷滑浓香。跟热米饭就着，口感有些怪，但筷子停不下来。

在吉林，雪后去吃锅子，大块开江肥鱼、五花肉片、老豆腐吃着，粉条慢熬。吃着吃着，滑雪时冷的指尖、脸庞都慢慢融化了，连酸带疼到舒服，出汗。到要吃粉条时，已经进入鲁智深所谓"吃得口滑，哪里肯住"的阶段。

在肃州，吃奶茶——不是喝，是吃的。黄油、粗茶、奶油、黑米、炭炉烤的肉片子，加盐，炖一大碗，浓稠到碗动汤不动。连吃带喝下去，全身发痒，汗出。出门见雪，皮肤冷，嘴里热，能喷火。到最后简直要流泪，一半是太幸福，一半是热奶香直灌鼻子，会觉得冻红的鼻子是酸的，眼泪止都止不住。

以前我们去乡下吃宴席，吃鱼喜欢红烧。整条鱼，焖得红里泛黑，甜香酥滑，撒了绿色葱叶，吃。不太会吃鱼的孩子，会吃得满盘狼藉。如果主妇存一个心思，就不会放葱叶——我们那里都相信：只要汤里不放葱，隔夜也不会放坏。就把吃剩的红烧鱼，拿掉骨头，将肉刮碎散在汤里，放进冰箱里去放着。次日早上，端出盘子来，鱼汤已经冻住，凝固如脂膏，状若布丁，下面暗藏无数碎鱼肉丁末，滑而且鲜，用来下粥下酒都好。我小时候不大懂，一勺鱼汤冻，搁在粥碗上，正找肉松想往粥里撒呢，回头看鱼汤冻被暖粥融了，鱼肉犹在，大惊失色，差点急哭了。

我就是学了这招，后来加以施展。白煮海鱼如三文鱼、鲽鱼、鲣鱼时，都是下一点儿盐，留一点儿鱼汤。肥的三文鱼用盐腌过，略煎一煎，滚在汤里，再撒萝卜泥熬得的热汤，配米饭很好；如果冻了，会有乳白泛金的鱼冻，很好看，也好吃，比红烧鱼汤的汤冻，又要清爽许多。

袁枚写过，炒素菜须用荤油。这话说白了，就是有肉味，沾荤腥，多油头，而且能跟糖分沾边儿的，总是比较好吃。冬天，尤其得这么过。

我们当然知道一切健康秘诀，但大多数时候，美味就是和健康背道而驰，冬天就是得吃高热量、高糖分的——反过来想想，如果冬天还是只能吃水煮卷心菜，固然可以健康平淡地活下去，但实在不算快乐吧？

挑食，不存在的

　　每个人都有不肯吃的东西。有些是嫌口重，有些是生理过敏，有些是心结。比如我就很长时间不吃青菜、西蓝花与榨菜汤。

　　我有位长辈，长期不吃肉包。每次大家去蒸品店，纷纷吃叉烧、虾饺时，他只吃蒸排骨和蒸鸡爪。

　　问起他来，他也直言不讳，说少年时上学，很苦，在食堂喝粥。曾攒一个月的钱，去食堂买肉包吃——肉包是臭的。他不肯浪费，勉强吃了，吐了。回宿舍去，想过去一个月的辛苦，委屈得流泪。从此落下心病了，几十年外食都不肯吃肉包了。

　　我顺着这思路一想，原来我不是天然讨厌吃青菜、西蓝花和榨菜汤的。

　　我小学的食堂，有种神异技能：甭管什么菜到他们手里，都能给做难吃了。西蓝花蜡黄软烂，榨菜蛋汤见不到蛋花，青菜发苦，软得像茄子。以及食堂上方挂着的字样：浪费可耻！老师没事就教导，粒粒皆辛苦，不好吃也要吃。学校也不让我们出门吃小摊，因为"小摊不卫生"！冬天，大家闻着门口的烘山芋，空自流口水。

长大后，这些都忘了。人倾向记住好的，回避不好的。于是青菜、西蓝花、榨菜汤，都回避掉了。

许美静有首老歌《你抽的烟》，大致讲一对恋人不在一起后，女孩子跑遍镇上的店，找男生抽的烟。辛晓琪的歌《味道》里也这么唱：我想念你的吻，和手指淡淡烟草味道。美剧《老友记》第三季第一集，Monica 刚和 Richard 分手，也是每天闻他的雪茄不已。味道、歌曲和声音，概莫如是。

人自有感情纠连，一时找不到合适表达方式的时候，某种旧味道、某种食物的记忆，都会让人回溯从前。小时候看的芝麻糊广告，光线昏暗柔和。往昔食物的记忆，大多带着这份滤镜。

记忆与食物的关系就是如此：记忆与心情投寄在当时的心情、投诸声色味道之中，然后时光流逝，重看到旧食，自然想起一串苦甜交加的漫长故事；许多人自觉无趣的故事，追溯到最后，总关乎梦，或者爱，或者一些纯粹时光的美好事物。

长辈建议说，这心结也可以治。比如他在家肯吃肉包：

他和家属一起和面调馅自己蒸，就敢吃。那些有不好记忆的东西，自己试着做做，做好吃了，也许能解开。

我就试了，发现西蓝花只要本身不太糟糕，白灼甚至微波炉一蒸，都不用酱油、蚝油，一点儿甜辣酱就很好吃；青菜只要油火得宜，很容易就青脆鲜拔。现在这几样，我都能吃了。真是解铃还须系铃人。

但那位教我的长辈，自己在外面依然不太吃肉包。他承认自己心结解开了一些，但终究还有点儿芥蒂。

他说，让年轻人解开心结，是因为还年轻，解开心结放开吃，人年轻时图个宽广，什么都最好见识见识，免得错过些好东西；年纪大的，就没太所谓了，毕竟那么多年积重难返，强行改习惯也没必要；图个舒服，不为难自己。就这样吧，也好。

于是大家吃饭时，偶尔留下最后一个肉包，笑眯眯看他，他也就拿起来，掰开馅儿吃了，肉包皮蘸蘸腐乳、蘸蘸酱，也吃了。

"分开吃，就不觉得是肉包了！"

暖老温贫

以前的冬天，我们回故乡乡下做客，乡下亲戚摆一桌好扎实的菜：金黄油亮的蛋炒饭，红墩墩的肉酿油面筋，白绿相间的百叶结炒青菜，喷香袭人的一大盘酱牛肉。摆好了，主人家一愣："少碗汤！"

于是跑去厨下，须臾出来，端了碗汤：是猪油渣用热水冲融了，加酱油和葱，滚了一滚，端出来，扑鼻香。江南寒气之中，主人边搓手，边鼓励我们喝一口："这个配蛋炒饭，好吃！"

在我们那里，这叫做酱油汤——好听点，叫做神仙汤。喝猪油、酱油、青葱做的神仙汤，吃猪油加土鸡蛋、葱花炒的蛋炒饭，可不是快乐似神仙吗？主人殷勤劝："加紧喝！喝了还有！管够！倒是不能冷了！"

冷了会怎样呢？我见过，汤面浮猪油花沫，过一夜，葱会让汤腐坏掉，只能倒了。所以，汤只能喝个热的。

入了冬，法国超市里推购物车的，都有一盒盒蘑菇、一垛垛奶油，外加培根。简直一望而知，打算回家炖奶油蘑菇培根汤。法国西北的人尤其迷信奶油，你问他们煎蛋好吃的秘诀，"多加黄油，要核桃大那么一垛黄油，半融化了，用来煎鸡蛋"；问他们奶油蘑菇汤怎么才能好吃，"多加奶油"，此外就是多加洋葱，如果还不够味，装盘后还要另外加些芝士。但这玩意，也是喝个热乎。出锅时醇厚浓香，简直要把口腔内壁都烫过一遍。但如果不喝尽就吃下一道菜，回头想起来时，会发现越热浓的汤，凉了之后越不堪入目，简直都不像汤了。

罗宋汤倒是冷喝、热喝皆宜，但冷的罗宋汤和我们惯吃的做法不同。我看见过有喜欢的人喝罗宋汤时，会给汤里另配一点儿酸奶油，肉食者看来，觉得简直像吃斋。热罗宋汤就华丽多了：甜菜、白菜、豆类、蘑菇、洋葱、土豆和番茄，加上牛肉粒，说是汤，其实更像是炖菜。当然，大冬天，做上一锅，实在是暖老温贫。

"暖老温贫"这四个字，两位前辈用在过不同的食物上。郑板桥说天寒冰冻时暮，穷亲戚朋友到门，先泡一大碗炒米送手中，佐以酱姜一小碟，最是暖老温贫之具。张爱玲说看见小饭铺煮南瓜，觉得热腾腾的瓜气与照眼明的红色，都让人觉得暖老温贫。泡炒米很暖和，带点油香；南瓜性温味甘，富含碳水化合物。这两样如果冷了，都没啥诱惑力。唯其暖和，才动人。

古龙笔下酒鬼多，但偶尔也写茶。比如，他借李寻欢之口说道：茶只要是烫的，就不会太难喝；好比女人只要是年轻的，就不会太讨厌。后半句又露出古龙的本色来了。

张岱提到过，董日铸先生抱类似的观点：浓、热、满，三字尽茶理。张岱自然是文人雅士，风流入骨，当然不欣赏这种观点，但喝粗茶的人想必有同感：茶须喝热的。

《红楼梦》里面，贾宝玉去薛姨妈的梨香院做客，薛姨妈请他喝酒，吃糟的鸭掌。《红楼梦》和《金瓶梅》里，大家都爱喝黄酒，就是所谓南酒，曹雪芹自己就爱吃南酒烧鸭，一看就是在南京待出的食肠。黄酒温软甜，蜜水一般，所以贾宝玉这样的小孩也能喝。但薛姨妈和薛宝钗先后劝他，要热了喝，不然对身体不好。江南人喝黄酒确如是，余华《许三观卖血记》里，卖完血了，仪式性地犒劳自己，去吃炒猪肝，以及经典台词："黄酒温一温。"老一辈江南人喝酒，常是吹着牛呢，想起来了："黄酒放进铫子里，再去热一热！"

法国人到圣诞时，满街卖热红酒。有在红酒里加姜糖的，有的店铺还加卖热土豆配咸肉。

酱油、猪油、葱、蒜、南瓜、米、糖、酒、茶——这些玩意儿不稀奇，但在冬天，在它们都热腾腾的时候，赶上寒夜穿过雪花到来的你，便会让人来不及细细去挑剔味道，只接受它们浑厚活泼的那一面。

酸甜苦辣咸之外，实在还该多个味道，叫做暖。世上好吃的食物很多，但冬天让你捧着一碗白气氤氲，趁热喝完了通体渗汗、脊背发颤的味道，却是不可多得的。

冬天的消夜

《红楼梦》里妙品无数，但最让我有感觉的吃食，是这段情节：元宵夜，老太太先说"寒浸浸的"，于是移进了暖阁，后来又说"夜长，有些饿了"，凤姐回说，有鸭子肉粥。

"鸭子肉粥"这四字，我刻骨铭心地难忘。

想想啊：又是元宵夜，又有"寒浸浸"作前缀。这时吃鸭子肉粥别有妙处，虽然鸭子肉粥是凉补的，但鸭肉能熬化到粥里，火功极到家了，可见酥烂浓郁、温厚怡人。跟寒浸浸一对照，看着都让人心里暖和起来。

春夏之消夜与秋冬之消夜，大不相同。我以前去了次广州，晚上光脚穿人字拖去吃肠粉、烧鹅时，不觉想到电影《胭脂扣》里万梓良吃消夜，遭遇女鬼梅艳芳。或许是受了这场景影响，广东小吃味道之细罕有其匹，但没有秋冬天吃饭那种"吃出汗来"的亢奋，太暖和啦！

回程在苏州，时已秋转冬，天气沁凉。晚上穿单衣找到个兼卖烤串的羊肉汤店，边抱怨天气凉得快，边要了个葱段覆盖萝卜和羊肉的砂锅，一锅下去，觉得全身滚烫，寒意全都化作白气，冒到一佛升天。立时觉得："嗯，消夜的感觉回来了。"

江南夏天消夜，一般取其清爽利口，譬如各类河鲜海鲜、螺蛳之类，可以拿来下冰糖黄酒；秋冬消夜，就得风格豪放些。本来嘛，吃消夜是极私密的事。到黑灯瞎火时，白天还精算着"吃一口肉等于多少脂肪、等于多少分钟慢跑"的心绪，早被午夜时分的连馋带饿给驱散，变成了"就放纵一回了怎么地"。所以消夜比三顿正餐要家常市井得多。秋冬夜半清冷，又"寒浸浸的"，不要鹅掌、鸭信这些嚼着有滋味的，顶好是鸭子肉粥这类温厚浓味。

既温且饱，才是冬天消夜的王道。

秋冬吃消夜，气氛很重要。《骆驼祥子》里写北京小酒馆，外间黑夜北风凛冽，房里喝酒，吃烙饼，喧嚷，末了祥子买了几个羊肉包，看得我垂涎。

以前上海街头，常有到处游击的小炒摊，隔百米远都是一片辣椒、油、锅铲"噼里啪啦"的爆炸声。炒粉炒饭、宫保鸡丁之类家常菜，夜半溜达的无聊宅男、民工、小区打麻将打累了的大叔吃得"乒乒乓乓"。味道寻常，但油香重、热气足，能勾引方圆一里那些午夜清澈见底的胃。

　　在冬天的北京，我吃到过东北馆子，豆腐皮、酱、大葱齐上，卷着吃奇香无比，但略嫌生冷。另叫一份猪肉粉条，容器巨大如脸盆，热气腾腾，端的是好威风。白气氤氲下，气为之夺，没吃呢，已经觉得被这消夜的气势给撑饱了。当然，冬天夜幕下最刺激的，还是烤串大军。轰轰烈烈，火花毕剥，各类香料随吆喝声刺鼻巡胃刳肠，连冷带亢奋，真有"偷着不如偷不着"的悬念刺激感。

　　冬天消夜，围炉吃火锅自然是最妙。但是北京涮锅子一个人吃总是不大对劲，还不如找卤煮火烧。这理也适用于泡馍和新疆撕馕羊肉汤。

　　我曾经在重庆大礼堂附近住着，逢夜就沿山而下，找一个小火锅，四五十串煮着，就火取暖。仗着火和辣，装模作样地跟老板说："啤酒要冰的。"这是重庆锅的好处，一人吃来，也不会显得凄怆凋零、可怜巴巴。吃喝完，肚里火烧火燎，带醉上山，走两步退一步，鲁提辖当年怀揣狗肉上五台山的感觉，也有了十之一二吧。

　　黑泽明一辈子爱吃消夜，理由："白天饮食补益身体，夜晚饮食补益灵魂。"晚年身体偶有小恙，医生劝黑导戒吃鸡蛋。他老人家本来不爱吃鸡蛋，一听此话，开始狂吃鸡蛋。"心有挂碍就是不好！不是不叫我干什么吗？我偏干什么！"

　　我没福气跟贾府老太太似的吃鸭子肉粥当消夜，倒吃到过一回鸡汤泡饭。

某年过年前夕，我一人在上海，晚上写完一篇文章，饿极了，出去晃荡。路过白斩鸡店，看卷帘门下了一半，一灯如豆。我问老板还有没有鸡汤，老板抬头看看我："鸡汤都给我泡饭了，你要不要？"

就是大半锅剩下的鸡血鸡杂汤，一点儿葱花，一碗米饭，正煮着。于是我坐下来，跟老板一起等鸡汤熟。老板还端着腔调教我："不要急。鸡汤泡饭，就是要慢慢笃一笃（此为吴语），才有味道的。"我说："是，不急。"

俩人搓着手，在江南没有暖气的寒浸浸的冬天里，就着炉灶，等那一锅鸡汤将米饭泡润起来。

冬夜最好的时刻就是，还没吃到嘴时，闻到那片热汤香味的当口。

刨猪汤

听一位前辈说，重庆有所谓刨猪汤。杀倒一头猪，做出一席面来。粉蒸肉、回锅肉、炒猪肝，还有一大锅汤。

区县有个亲戚，是刨猪汤好手。每年杀猪不算，还细细切分：三线肉用来炒回锅肉，香糯脆；肥膘肉拿来做粉蒸肉，入口化。哪些肉适合用来做烧白，配芽菜；哪些肉适合用来做酥肉，酥脆香；哪些肉拿来做脆哨，哪些肉用来做血旺；红油猪耳猪拱嘴，蹄花煮汤烂猪头，都给你分得清清楚楚。甚至猪肝怎么切菜炒得滑嫩，回锅肉怎么片才薄透，都是功夫。

他收钱不多，但每家很默契地额外给他送点肉，让他做香肠腊肉——回头大家都乐意花点钱，买他的香肠吃。

有人试图仿他做的香肠，他看了看，说："不是自家做的，自家做的不这样。"

别人问怎么看出来？他不多说，只自己灌的香肠切了一薄片，饱满紧凑。仿造的香肠，切一薄片，就散了。

他会做猪肠旺汤，只一点儿白胡椒、一点儿盐，别无他物，也能做出鲜美韧脆的汤来。按他的说法，诀窍是选同一只猪身上的肠和血，再便是猪肠油不可去尽——去是要去一点儿的，不然太腻；但去得太尽，大肠没口感，处理出来的猪肠油，恰好让汤更膏腴。那是他的不传之秘了。

按说他一头猪物尽其用，邻里亲友都爱，多少家过年就指望他。但有不爱吃肉的人矫情，说他"杀猪杀得细，真是杀生无情，啧啧啧"。

他听了也不气，只说他不杀猪，总也有人杀猪。

邻居亲友们一起奋起说："对啊！别人杀猪杀得粗，好边角料都浪费了，杀出来只够八个人吃；他杀猪细，物尽其用，够十个人吃，那就能少杀几头猪——这是大功德嘛！"

胖了吗？因为幸福吧？

人都是不知不觉间胖起来的。

一个朋友——姑且叫做火龙果，一直没意识到她男朋友——姑且叫做番石榴，比以前胖了，直到那天整理旧照片时，才猝然发觉，简直已经判若两人。

"因为每天朝夕相处，看习惯了，就没觉得胖。隔段时间才发现，比两年前，胖了那么多！"火龙果姑娘说。

"胖了是因为幸福嘛。"我安慰道。

火龙果和番石榴确实很幸福。夫唱妇随，兴趣相投，在熟人面前，还愿意分享食物。比如，某饭馆里坐下，两人同步捧起菜单，彼此打量一下对方，然后点菜。

"我要咖喱乌冬面。"

"我要叉烧拉面。"

面端上来，火龙果捧起咖喱乌冬面，番石榴端过叉烧拉面。各自吃了半碗后，就无声无息交换碗，继续呼噜呼噜吃。

"这么吃，两个人都能吃到，而且不至于太撑。一个人要吃两份，那就吃不下了。"火龙果说。

当然，偶尔也有些甜蜜的争执。比如："喂，你看我给你还留了两个牛肉丸的，你给我的半碗，倒把羊排都吃光了！"这时候，犯了错的一方会抿一抿嘴。

按照他们的分享吃法，食量均等，本来不该有胖瘦之别。但各人体质不同，火龙果放开吃依然苗条，番石榴却忽忽悠悠胖起来——并没胖到显眼的地步，否则也不会过了两年才发现。但如前所述，一经与以往对比，似乎便胖得格外触目。尤其是那段时间，俩人去看了几部电影，跟顾长健美的电影男演员比起来，似乎番石榴确实胖了些。

"还是要瘦下来。"火龙果如是说。

"那就要有氧和无氧结合了。无氧保持力量，结合有氧消耗体脂。饮食的话，碳水化合物要尽量控制，摄入蛋白质和大量水。"那段时间，我正乐意四处兜售自己的经验呢。

于是番石榴开始每天跑五公里，因此相应减少了与火龙果一起打游戏的时间。

更明显的是，出去聚餐时，他俩的"一人一半分享吃法"消失了。每当看到菜单，火龙果依然自得其乐地找自己爱吃的东西，番石榴则很谨慎："这个是碳水化合物；这个淀粉多；这个酱汁会不会不能吃？"

在那段不能吃淀粉的日子，番石榴有时看去很抑郁。"很馋糖啊！"他跟我说，"看见土豆、米饭这些，平时无所谓，这会儿就特别想吃。"所以，他只好睁大忧郁的眼睛，看着火龙果香甜地吃鳗鱼汁拌饭，自己继续吃煎鲑鱼。

毅力总能见到成效。番石榴很快瘦了些，虽然偶尔会发愁。他对我说："有时偷吃点巧克力减压。"听得我心生恻然，但火龙果似乎没太高兴起来。当我们得知他俩家附近新开了某菜馆可以吃消夜，一心恭喜他们时，火龙果摇摇头："我们都好久没吃消夜了。"

番石榴继续道："我不能吃消夜。她怕我看了馋，不好受，所以自己也不吃了。"说着，耷拉了嘴角，眨眨眼。

又过了俩月，我们约到一家新开的越南粉馆子吃饭，我发现他俩都神采飞扬。

火龙果要了牛丸炒粉，番石榴要了鸡肉汤粉。店家另给一个碟子，横着罗勒、薄荷和肥饱的生绿豆芽菜，凭你自选；另有一小碟，切开的青柠檬和艳红夺目的辣椒；还会上来一碟子洋葱、一碟子鱼露，请你自己酌加。大碗里铺着细白滑润的粉。火龙果给炒粉上拌了点鱼露，番石榴给汤里挤了点柠檬汁，下了一点儿绿豆芽；俩人开始稀里呼噜地吃，吃到一半，停筷，交换过来，继续吃。

"所以放开吃淀粉啦？"我问。

"还是觉得，放开吃比较舒服。"火龙果说，"男朋友是用来过日子的嘛，不是拿来看的。"

"心情不好，瘦了也没用。"番石榴说，"我发现人瘦了，脾气也会变急。"

"所以胖了是因为幸福嘛。"我总结说。

"你是不是又把鸡肉都吃掉了？"火龙果问。

"我给你多留了一点儿粉的呀！"番石榴说。

"可是我想吃鸡肉啊！"

"你看你就是太瘦了，所以脾气这么急。"

来人间一趟，总要吃遍南北东西

美食的正义

西班牙格拉纳达的格拉西亚广场 3 号，有一家店叫 Puesto43。合伙人之一的老板是位体态匀称、衬衣领结的老先生，到晚间亲自支应生意。上酒，先给诸位女士。奉送香槟，手指稳稳扣在瓶底，不输于巴黎一流馆子的仪态。前菜，先送了两碟子煎鳕鱼与泡菜。鳕鱼令在座诸位"噫"了一声，松脆得宜自不待提，味道细腻精确到令人意外。大家开始讨论第一个话题：这个鳕鱼腌过没？腌过，怎么这么新鲜；没腌过，味道控制得这么精准？

上第二道菜。炸鱼虾拼盘，配炸过的四季豆，带两个煎蛋。老板使刀叉，将煎蛋半熟的蛋黄浇上拼盘，再下刀如飞；将半凝固的蛋白切末，混在炸鱼虾中端上来。鱼虾与鳕鱼一样是清炸，不油腻，但清鲜，简直像鱼虾自己将自己拍打松脆了，跳进盘子里似的。

炸章鱼，橄榄油味道轻得令人诧异，不像地中海做法，嚼来更奇妙：本来油炸海鲜，最易入空气，炸皮与海鲜肉之间总有空隙，但这里的章鱼，肉与炸粉之间塞得饱满，嚼得脆劲儿后，就是饱满的韧香。老板来回上酒换菜，满桌朋友各自用英语、法语、西班牙语等各类最高级词汇赞美他。老板半羞涩半温柔地微笑。

满肚子塞满鱼虾果子后，满桌人的期望值已被拉高，老板送出来甜品——自家调的焦糖白兰地后，大家还是心悦诚服。巧克力润滑，奶酪与杏仁夹心饼干粗粝，对比强烈。吃完了，大家盘算着价格：在巴黎、在上海，吃这么一顿，价格大概得多少多少。老板送来了一瓶新香槟，以及账单，大概是我们预估价格的 40%。

于是大家实在不好意思，掏了 25% 的小费。老板看着愣了愣，而我们已经在讨论了："这店靠什么挣钱呢？他们提供这种从头舒服到脚的饮食体验，不亏本吗？"

次日中午，昨晚上的回忆自动将我们拉回到 Puesto43。老板还没上班，正穿着海魂衫在柜台后忙碌，看见我们，仿佛演员没穿好戏服，被观众见了似的害羞，请我们稍等，自己躲去后台了。须臾，他收拾好出来，问我们要吃什么；大家已经相信了老板的品位，请老板自己搭配。与此同时，我不免有些担心：老板在我心目中已经加了冠冕，仿佛是自己喜爱的歌星，很怕他出一张不那么合意的专辑；自己当然是对一切都甘之如饴，只是怕伤了老板完美的形象。

然后，老板用一只尾巴还能卷曲动弹的三公斤龙虾，征服了所有人。龙虾钳与足，用微火烤，保留柔嫩鲜滑的汁水；龙虾身段剖开，略撒盐烤，取其坚韧；虾脑汁是天然香味；虾壳尾另收，用来熬 Paella 海鲜饭上桌。酒是老板自己配的白葡萄酒，并且特意解释了：虽然龙虾肉鲜美，但店里用的是清淡型调味，又因为考虑到客人自法国来，所以挑了比利牛斯和法国西南边境的瑞朗松产区白葡萄酒，如此便不伤龙虾的鲜美，而且让大家不必吃得正式，有喝果汁的感觉。最后老板自称英语不太好，也只能说到这样了。结账的时候，老板划了下价格，跟前一天相差无几，当然也送了甜品。

之后的黄昏，哪怕走到了阿尔罕布拉宫，大家还在讨论那位老板。大家说他是位讲究人、体面人，懂得吃，龙虾和章鱼被他这么料理，真是物尽其用了；明明店里挂着米其林认证，他却——比起其他爱标榜自己是米其林的馆子——毫不矫情。最后每个人都认同了这一结论：美食的正义，就是完美料理食材，让人感到幸福。看到这样的店生意兴隆，大家都会觉得：真好！

附记：本文最初写于 2015 年春天，发表在某杂志上。两年后的夏天，我再去格拉纳达时，服务生听说我自中国来，就说："好像有位中国作者夸了我们店，对我们生意极有帮助。"我说："那是因为你们店确实好吃嘛！"服务生礼貌地一笑，带点儿骄傲地说："的确啊。"

你喜欢用什么样的方式吃章鱼？

意大利拉斯佩齐亚一带山海相接，地图上给你指出的城市，到地方一看，更像是镇子或村庄。镇与镇之间，常靠邮政巴士连接。你可以赶着邮车去另一个小镇吃饭买菜，坐下一班车回来；司机们心情愉快时，会给你表演悬崖山道的漂移来回。开过的卡车和邮车里是穿着短袖的小伙子，有的车里传出音量巨大的爵士乐。在礁石和石壁的阴影下，海水蓝得很深，阳光下的远海，海水如暖蓝的绒毯。孩子手举着镇子象征之一的章鱼吉祥物在车站奔跑，车站卖烤鱼的老兄用英语念叨："还有五分钟，还有五分钟。烤鱼！"

然后你就会情不自禁地买一份章鱼，烤的、油炸的，都好。

烤章鱼酥脆韧，油炸章鱼要有趣得多：章鱼裹上面衣油炸，再按顾客爱好，撒一把香料，挤上新鲜柠檬汁。面衣松脆，内里还保留着章鱼本身的洁白柔韧，这做法谈不上花样，但是章鱼本身太耐嚼，越嚼越爱，情不自禁就吃多了。本来是小吃，很容易顶一顿饭。

巴塞罗那的腌章鱼，是非常受欢迎的小菜（Tapas）之一。我还见过章鱼切开，镶上菠萝片的，味道就有些奇妙。

希腊基克拉泽斯群岛，有些野馆子会在门口直接晒章鱼，店主说晒到了位才好调理。调理起来也粗率直接：抹味道浓重的橄榄油，上架直接大火烤，等章鱼略带焦，发出吱吱声了便吃。这种做法，吃不惯的人会觉得橄榄油味道太重，非地中海地区居民一闻到，会觉得鼻子都被撞了。但吃几口后，你会被烤过的章鱼肉所折服：鲜脆可口，有种奇妙的腥香味；真烤得到家的，外层脆成丝缕，内里还是一条条的。

我在海南海口，吃到过一个奇怪的菜。店里阿妈端来一碗汤，里面是一块一块煮过的章鱼肉，汤里另有海带和其他零星贝类，味道鲜甜；另配一碗调料，是自家腌的鱼露。吃时，使筷子夹着煮过的章鱼肉，蘸鱼露吃。章鱼肉煮过后，肉略松，有肉汁的饱满感，配合鱼露凶烈浓郁的咸鲜味，很好吃。阿妈还问我要不要用薄荷叶夹着吃吃看，我没敢尝试。现在想来，一定很有趣。

日本鸟取县浦富海岸边，有新鲜章鱼卖：现捞的章鱼，切成一截截，浇上酱油，让你扎竹签吃。做法极简，肉头极厚，鲜嫩无比。如果用烤过的海苔裹着生章鱼吃更妙，脆韧交加，鲜味弥漫。

当然也有繁复的做法。"筑地银"这家老章鱼烧店，连粉带烤加木鱼花，撒海苔碎加蛋黄酱，任挑。世上还没有智能手机的某年初春，我和女朋友晚上逛横滨，想去山下公园。不认识路，又没手机地图，天又略冷，一路哆哆嗦嗦。看见一家"筑地银"，天晚了，两个小伙子在看店，一个胖墩墩，一个染着发。我俩过去，用英文要了份章鱼烧。

微胖那位给模具刷油、染发那位把调好的章鱼丸子——外层是面糊，杂有蛋皮和海苔等，内里是章鱼块——倒进模具加热，烧到章鱼丸子凝固。染发那位预备包装，而微胖那位负责撒完海苔粉、酱油、木鱼花等，最后问我们："要加什么酱料？"

"就普通酱料好了。"

"好的。"

于是浇上酱料，递给我们。我们顺便用英语问："这里去山下公园还有多远？"

他们俩的英语似乎不算好，彼此面面相觑，讲不出来；微胖那位问了染发那位几句日语，染发那位苦苦思索了一会儿，摇摇头，于是跑去厨房柜里拿了纸笔，画了条路线给我们；染发那位画时，微胖那位就从旁指导，点点划划，时不时给我微微躬身："抱歉啊抱歉啊。"我有些不好意思，"啊，

OK 的，要不算了。"但他们还是画完了地图，交给我们，躬身："抱歉啦！"

我们就在路边长椅上坐下来吃。章鱼丸子嘛无非那样，木鱼花鲜，海苔清香，酱汁还是热的，酱油里略带昆布味道；大块韧章鱼脚跟酥软的丸子，配合得不错。我们俩分吃了，继续朝山下公园前进："按地图，就这里了！"抬头一看，"到了！"

回去的路上，夜深天冷了。眼看要路过，我问女朋友："再来一份章鱼烧，带回去吃？"

"好。"

于是走过去，看见那二位还在呢。一看见我们，染发那位就用硬舌头日式英语问："找到了吗？"

"找到了！"

很多年后，在东京筑地市场附近，看见一家"筑地银"，大概是总店吧？坐下去吃了，味道也不坏，但没有在横滨那夜印象鲜明。大概因为天没那么冷，人没那么饿，也没有那两个打工小哥了吧。人的味觉与记忆，许多时候还是天时地利人和，并不那么准确可靠。

吃火鸡是个体力活儿

英语里，火鸡和土耳其同叫 Turkey，还真不是土耳其人民的错。这玩意儿产在美洲，据说英国人当年初到新大陆，但觉万事新鲜，看什么都想给起名字。远远看见山冈上一只大鸡，金光闪闪，蓝顶红颈，体态威武，英国人就瞎猜：这不是土耳其那儿的珍珠鸡吗？那时奥斯曼土耳其霸住东地中海，英国人去中欧也不方便，望文生义，乱起名字，就把这玩意叫成了火鸡（Turkey）。

据说英国人中世纪时，每逢节日，吃得煞是奢靡：动辄烤个孔雀（古罗马人也吃这个），烤头野猪。但初到美洲大陆的这批英国人，苍茫大地路都不认识，哪来的孔雀吃？看那厢火鸡肥大壮实，心生邪念：大鸡别跑，一起过节吧！抓来烤吃了，从此遂成定例。

那时英国人大概还没营养学的概念，不知道火鸡营养丰富、胆固醇含量低，只觉得此物肉多，吃起来过瘾。在美国漫山遍野都是，又笨又好捉。这习俗漂洋过海，回了英国。伦敦的英国人尝一回火鸡，觉得不坏，还能跟来宾吹牛："这是海外风味！"

17世纪，英国人就流行吃火鸡了。

我目睹过大家庭过节处理火鸡，真是工程浩繁。火鸡这东西不聪明，脑子都花在长肉上了。大的火鸡简直是庞然大物，等闲小火鸡洗剥完了也有近20斤。火鸡好在产肉率高，真正是吃草长肉，好养易活，肉便宜，所以馋肉平民阶级最爱；但对老饕来说，这玩意儿脂肪率太低，吃起来不免发柴，所以要搭配馅料。既大，又填馅儿，还得整只烤，不能大卸八块切开来。虽然最后吃时，不免还是撕得七零八落。真麻烦。

正经烤火鸡时，先把这庞然大物解冻，内脏处理好，包好了放肚子内。火鸡内外抹上盐与胡椒——我见过把火鸡表皮扯开，抹罢盐椒，又涂厚黄油，以给过柴的鸡肉加点儿脂肪。

然后就去对付馅料。馅料简单起来，可以蘑菇、西芹、胡萝卜、栗子，洋葱一炒就得；复杂起来就河汉无极，任意所之了。馅料往火鸡肚子里填罢，开火去烤，剩下的也就是酱汁的事了。

火鸡本身庞大结实，没啥个性，又恰好四海都吃，所以各国人民都穷尽琢磨，怎么把这玩意儿给玩出花来。澳大利亚在南半球，过节正逢春夏，为了怕热怕腻，可以用红莓酱当火鸡蘸汁，另配蔬菜沙拉。巴西人吃火鸡时，得配火腿和沙拉来解腻。

加拿大气候寒冷，所以圣诞节吃火鸡，就会把土豆泥搭肉汁来配，以温补寒。

据说冰岛人一着急，能把熏羊肉、烤鸭肉塞进火鸡肚里当馅料。爱尔兰人豪迈霸气，饮酒如狂，所以火鸡肚子里敢塞烤牛肉、火腿和烤猪肉。

洪都拉斯人本来习惯圣诞节吃玉米粉蒸肉，所以也敢用这个搭配火鸡。

我见过印度裔家庭用咖喱抹火鸡，还拿咖喱羊肉搭配印度香米饭、鹰嘴豆抓饭当馅料，直接把火鸡当成了个大饭盆。据说秘鲁人还敢往烤火鸡肚子里塞牛肉球、花生、鲜菠萝、白米，听起来格外热带风情。

烤火鸡如此麻烦，不像中国炖鸡汤，放得了料，就可以耐心等一锅浓香鲜美的汤出炉。所以现在许多超市也有一整只处理好的火鸡给你搬回家。大概一家人围坐，看着一头庞大肥鸡，还是挺其乐融融的——有点儿像吃火锅，氛围感很重要。

真吃起来时，火鸡肉其实也就如此罢了。胸脯子肉细白，鸡腿是壮硕黑粗。常见小孩子与姑娘家就斯斯文文吃两口白肉，老爸叔伯们气吞山河抱着鸡腿大啃。吃火鸡到最后是个体力活儿，把填料和肉吃完了，大家满足地打饱嗝。这玩意儿实在太大，经常一顿吃不完。比如《麦兜的故事》里，麦太太和麦兜一只火鸡拖拖拉拉，吃了小半年。倒不是香港人胃口小，而是火鸡实在太大。

我曾跟一个住马里兰的朋友念叨，说火鸡肉实在不算好吃，他也点头承认，但又跟我说："大多数吃火鸡肉的人，并没有吃肉的实感，对许多人而言，他们一辈子没见过活火鸡，火鸡肉只是他们在超市里看到的一种肉，就像吃一辈子面包却没见过麦子和面粉。他们眼中的火鸡肉，只是低脂肪、高蛋白的那么一块东西，搭配点儿酱料吃个乐呵罢了。世上有人吃肉讲究吃部位、吃活肉、吃口感、吃脂肪与肉汁混融的口感。但也有人看肉，就像看三明治馅料里的成分罢了。"他还顺便跟我说，他所住的乡下，最古怪的火鸡肉吃法是有些非洲风味店会卖鸵鸟肉三明治，但其实多是火鸡肉假装的，"反正这两样东西口感也差不太多。"

喝咖啡与吃大蒜

有位颇为洋气、甚讲派头的演员，曾如此划分人群：吃大蒜的，喝咖啡的。

这位先生自居喝咖啡的一族，对吃大蒜的，似乎无甚好感。大概觉得大蒜与咖啡，应该泾渭分明，道不同不相为谋。

然而世上喝咖啡最多的那一波人——比如地中海沿岸的欧洲人，听了"喝咖啡比吃大蒜高雅"，大概会觉得他这论断，着实莫名其妙。

在地中海沿岸历史中，大蒜的地位高不可攀。

西方医学的老祖宗希腊的希波克拉底先生，认为大蒜无所不能：可以利尿，可以通便，可以发热御寒，简直是天赐之宝。和希腊特产的橄榄油一配合，天下无敌。

古希腊人航海，吃大蒜、橄榄油配鱼，胜似天堂。妙在吃大蒜杀菌解毒，不易生病，还能当药使，神了。

十字军时期，西欧骑士健康状况都差，但吃上了大蒜，防疫能力飞升，一时百毒不侵。于是中世纪末期，大蒜流行西欧，乃是防瘟疫、治感冒的万灵丹，对付黑死病的撒手锏；甚至有欧洲人挂一串大蒜在脖子上代替十字架，还能对付妖魔鬼怪。

在哥伦布发现新大陆之前，地中海居民主要的人生乐趣，便是将大蒜捣碎，配上荷兰芹，蘸鱼、蘸面包、蘸烤肉，无往而不利。

现在举世向往的法国蔚蓝海岸，有普罗旺斯风味。

普罗旺斯风味为何呢？答：大蒜味。

19世纪时，诸位在巴黎的大师，每到冬天就头疼脑热，心情阴郁，要去南方。大仲马在《基督山伯爵》中描述马赛出身的卡德鲁斯家厨房时，说："肉和大蒜的混合味、烤鱼香、浓郁的茴香，这香味让当时已经踏入贵族阶层的贝内德托都无法抵抗。"

实际上，当时大仲马很喜欢从巴黎赶去南法。他说他坐在马车里，都能感觉到车子进了普罗旺斯。为什么？因为闻到了健康、丰硕、活泼、健壮的大蒜味。没到过普罗旺斯的人，总想象普罗旺斯是薰衣草味、玫瑰味、晚香玉味。然而对法国人而言，普罗旺斯主要的动人处，就是大蒜。

将大蒜捣碎，与橄榄油拌上，适配绝大多数普罗旺斯菜。

蛋黄酱里加橄榄油、大蒜，与意大利干酪丝一配，往鱼汤里一倒，就是著名的马赛鱼汤基底。

一锅贻贝，用大蒜焖煮出来，就是普罗旺斯风味。

烤好的面包要蘸蒜蓉蛋黄酱，吃鹅螺时店主如果体贴，会端上蒜泥。

每年夏天，尼斯有点儿门路的海鲜店，会自制大蒜蛋黄酱：大蒜、鸡蛋、芥末，合理勾兑，新鲜冲鼻。吃海鲜或面包不就蒜，店主根本没法开门做生意。

非只普罗旺斯如此。西班牙只要是靠海地界，多爱吃蒜。

塞维利亚和巴塞罗那都有一道 Tapas 下酒小菜，做来极简单：橄榄油、蒜蓉、红辣椒，用来焖虾，焖熟了吃。

我曾跟一个西班牙朋友说，中国菜习惯葱姜蒜重口味炝锅，他有不同意见：他认为蒜的味道细腻有味，不妨保持油温平衡，慢慢地将蒜味焖出来，再来焖虾，如此才有鲜美的海味啊！

那么咖啡呢？

欧洲人爱咖啡，但咖啡在西方世界出现，是中国万历年间的事了。

咖啡源自阿拉伯世界，从东往西传播，先是在意大利登陆。所以，至今咖啡里的许多术语，都是意大利词。比如浓缩咖啡 Espresso。

就是说，欧洲出现第一家街头咖啡馆，是 17 世纪的事了。巴黎人后来居上，1672 年，巴黎新桥也有了自己的咖啡馆；又过了一百来年，法国大革命前夕，巴黎的咖啡馆突破两千家。

即：相当于中国春秋战国那时候，地中海沿岸居民就狂吃大蒜；相当于中国万历朝到崇祯朝那时候，西欧人才开始喝咖啡。

大蒜在欧洲的历史之悠久，在法国菜中的地位，都是极高的。

2013 年，法国每年人均吃掉一斤半大蒜；人均消费咖啡 5.4 公斤。当然，后一个算上了水的分量。

大概对法国人，乃至地中海沿岸居民而言，喝咖啡吃大蒜两不误，肚里的大蒜不一定比咖啡豆少。越往南，比如马赛、戛纳和尼斯，人民越是离不开大蒜。

当然，身为江苏无锡人，我能理解许多人对大蒜的偏见——我们那里有些人爱吃蒜，有些人不爱吃蒜。

清朝大学者、"江山代有才人出，各领风骚数百年"的赵翼，不肯吃葱蒜；大才子李渔则认为，葱蒜韭菜，气味太重，蒜他是绝对不吃的，葱可以做调料，韭菜只吃嫩的，萝卜也有气味，但煮了之后吃，也能将就；袁枚认为做甲鱼和炒肉可以加蒜，但最好是新蒜。那一代读书人口味清鲜，所以鼓励不要吃蒜，也正常。爱吃的，不爱吃的，都行。个人口味而已。

但把吃不吃蒜这种个人口味问题，描绘成阶层差异，就很古怪；至于有人觉得"喝咖啡就比吃大蒜高雅"，那不是借着信息不对等蓄意误导，就可能是认知有限。

如果在21世纪，您跑去尼斯老城海边的英国走廊，对就着大蒜喝马赛鱼汤的诸位法国人大吼："你们没有隔壁喝咖啡的高雅！"南法人、意大利居民和来度假的英国人一定目瞪口呆，心想：神经病！

茄子的环球之旅

最有名的茄子菜，大概出自《红楼梦》：刘姥姥二进大观园吃的茄鲞，是所有红楼宴不可少的一味。

书里茄鲞的做法：茄子去皮切丁用鸡油炸，拿鸡脯子肉配香菌、新笋、蘑菇、五香腐干、各色干果子，鸡汤煨干，香油一收，糟油一拌收起来。

这意思很明白："香油一收"和"收起来"，说明这玩意儿和江南咸鱼类似，是道凉菜，还可能是路菜。清朝时的路菜，是那种耐久藏，随时可以拿出来吃，可以带着上路的。鲞在我故乡江南，特指咸鱼，有歇后语，所谓"老猫闻咸鱼——嗅鲞啊嗅鲞（休想啊休想）"。大概是制作好了，可以随时拿来吃的吧？

刘姥姥当时乍吃之下，没吃出是茄子。细嚼了半日，才说"有点儿茄子香"。想来之所以选茄子而非别物做这菜，一半就为了这点儿"茄子香"吧？

茄子除香味之外，还妙在质地与口感：善吸味，能藏油，所以极为百搭。《西游记》里，明朝就讲究"镟皮茄子，剔种冬瓜"，大概是茄子去皮才软，冬瓜去籽口感才匀整。但茄子不去皮也能吃，比如经典的鱼香茄子。茄子性格平和，鱼香来了，也就坦然受之。茄子本来又易吸味，被鸡、菌、豆腐干、香油们一烘，就让刘姥姥认不出来了；鱼香的酸辣被茄子一收，味道自然了得，加之本身软润好嚼，用来下饭，无往不利。给牙不好的老人家吃，鱼香茄子怕还好过鱼香肉丝，软润啊！

炸茄盒，比鱼香茄子更有味：看茄子软润好欺负，抹开炸之。我在不同地方吃过的炸茄盒，馅料不同、滋味不同，但万变不离其宗：外是茄子、鸡蛋、面粉们勾兑好了；内夹的馅儿稍微变化，肉糜、虾米、蘑菇，不一而足。重油炸过后，茄子软糯香酥，配里面油香扑鼻的馅儿，口感仿佛千层酥，端的了得。

当然也有最简便的：茄子蒸熟，凉拌，夏天配饭，香。反正茄子好对付，下什么味都成。

我们说茄子，印象里或长或圆，形象不一；日本人说茄子，则默认是圆的。日本茶器中，有种圆形茶入，就叫做茄子。

日本人很爱吃所谓贺茂茄子，据说好处是无论怎么浸渍、酱烤炖煮，都不太吸油，能保持原味；我见过干体力活儿的日本人，自带一个鲑鱼饭团、一个酱茄子，吃起来一手一个，左一口右一口，也挺快乐。

印度有种做法叫"Sambar"，用到大量蔬菜，包括胡萝卜、茄子、洋葱或土豆等，其中用茄子尤多。大略是，用黑胡椒、咖喱叶、孜然、香菜、椰子碎末、肉桂等，煮到茄子半熟，加新鲜红辣椒、荠菜籽、芫荽叶等再炒一遍。这种先煮再炒，细想来很有道理，煮过之后，消了茄子的苦味，使之软化，再炒一遍，就好入味了！茄子炸过了，去皮，配合洋葱、西红柿慢炖，会做成著名的印度菜"Gojju"。这玩意儿口感可以很酥烂，还可以抹了面饼做酱料。在重视香料的南亚，茄子这样耐油炸、可熬煮、容易入味的宝物，会被孟加拉人认为是"蔬菜之王"，不奇怪了。

意大利菜里也会用到茄子：有些地方，北部靠近奥地利边境，比如威尼斯，会干脆地水煮之后，蘸盐来吃，取其鲜嫩口感，配合沙拉食用。

土耳其菜里有种菜，叫做"Karnıyarık"，是茄子油炸之后，加上切好的洋葱、黑胡椒、西红柿、巴西里香草，最后是大蒜和肉，一起炖成的。这做法看去，和鱼香茄子有种隔空相遇之感。

希腊各类馆子，都会卖"Moussaka"。煎茄子＋奶酪＋鸡蛋，夹了肉，衬了土豆片，外加无数欧洲香料，可以当主食。各家做法不太一样，但最正宗的希腊式"Moussaka"，是用橄榄油焖过的茄子为底，羊肉臊子配合西红柿、大蒜、巴西里甚至土豆泥等为中层，顶上加一层奶油混搭白酱。最后，希腊菜嘛，免不了是要烤一烤。我试图跟长辈介绍时琢磨了半天，最后说："意大利千层面，把面改成了茄子！"长辈一听"哦"了一声："那大概挺好吃吧！"

大概茄子在世界各地做法不同，但大体百搭，从中东欧到南亚乃至东亚人民，都觉得挺不错。明明是素的，却不摆谱儿，不做清新状，软软润润，甘心被油炸，老和肉类做伴，而且还香气扑鼻。有肉了就肉，没肉了搭着点儿面粉和油也能炸香了，过油夹馅儿，提供酥口感、香味道，平易近人；从来不是主角，但是随处生香。

阿城《棋王》里，困难条件下，大家捉了蛇来熬汤。竹刀划开蛇肉，葱姜蒜盐，酱油膏和醋精，炖了一锅蛇肉；吃完了蛇肉，茄子下锅，就汤煮。真方便啊！

哪怕真没油，你把茄子煮软，蘸蒜蓉与盐，大夏天当下酒菜吃，都挺有味道。那大概就是刘姥姥吃茄鲞时，品过了香油、鸡油、鸡脯子肉、香菌、新笋、蘑菇、五香腐干、各色干果子之后，回味无穷的一点儿"茄子香"。

100 个人，有 100 种偏爱的煎蛋

"我煎个蛋？"

"Omelette 还是荷包蛋？"

敢情，煎蛋还分的吗？

还真是。

煎荷包蛋本身不新奇。热锅下油，敲蛋下锅，等蛋凝固，嫩白软黄，全世界人民都这么操作。但其中口味风格，自有细微区别，100 个人，有 100 种偏爱的煎蛋。

单煎一面，则蛋黄金黄，蛋白匀展，火候重一些，周围还有焦圈，英文里叫 sunny side up。我用锅铲——也有厉害的大师傅，我就见过一位酒店餐厅的德国老兄，单手运锅一颠，杂耍似的，我没这本事——把蛋一翻，煎双面，英文里叫 Turnover。

美国人爱吃双面与单面煎蛋的，比例大概差不多。在日本，吃双面煎蛋的就偏少。我跟认识的日本同学聊起时，对

方义正词严，觉得煎到半生、溏心酥融的蛋才可口。我说在我故乡，觉得蛋黄煎实了、口感酥而坚实也挺好，对方露出诧异的眼神，一副"这是可以的吗"的表情。

荷包蛋的蘸料，五花八门。下盐的，撒胡椒的，抹牛排酱的，加辣椒粉的。我爸觉得这些都是异端，煎蛋就要空口吃，才有蛋香。

许多人习惯将煎蛋切碎，抹面包上吃。我见过最奇怪的人，煎蛋切碎了，另抹蛋黄酱，抹面包吃。直接吃蛋黄酱好不好呀？

有人煎蛋，不忌肥腻，愿意下黄油。我见过一位店主太太，先热锅，黄油下去到融化的程度，下鸡蛋。即刻关火，加锅盖，将蛋焖熟。如此煎得恰到好处，还不会发焦；火候到位的，鸡蛋会熟得半透明，很好吃。

马德里人吃炸章鱼，清油急炸，鲜嫩多汁。但吃不惯海味的，会觉得咸，店主便会给你切了半凝固的蛋白，浇在章鱼之上，鲜美嫩滑，兼而有之，好。

Omelette 中文里也叫煎蛋，但我觉得更类似于蛋饼。有些港式茶餐厅里，直接取 Omelette 的译名，菜单上叫做奄列。

欧洲人吃 Omelette，可以极为简单：将鸡蛋打匀了，下锅一煎了事，与荷包蛋比，就是多了个打匀的过程。

复杂起来，也可以极为仪式化，鸡蛋下去后翻弄，务求鲜嫩，保持蓬松湿润之感，还要加料。Omelette 的配料，仿佛饺子馅儿，随各地风格不同。比如，我见过阿拉伯风味的餐厅会提供洋葱、盐、菠菜、胡椒为馅儿的 Omelette。有位美国西南地区来的哥们儿请吃饭，做煎蛋就会上黑胡椒、洋葱、火腿片，还敢撒一层干酪粉，大大咧咧，粗鲁豪迈。

日本形态的 Omelette，就是玉子烧了。传统做法，应当包括鸡蛋、味醂酒、米醋与糖。做出来的效果，理当是蓬松绵密、软嫩动人。我一个朋友教导我，说玉子烧看似要求软嫩，却最宜大火。大火把外面凝固了，才能保持内层的湿润。

在 Omelette 方面，最顽固的大概还是南法人。比如您去南部小城市的馆子里，跟正在慢悠悠喝小酒的诸位聊："请问，正统法式 Omelette 该怎么做？"这句一问，简直是在热油锅里倒一瓢水，然后您就走吧，过两天回来，他们还在原地有气无力地争呢。

有些细节是没争议的，比如，锅子应当加热到太阳那么酷热，泼水上去，瞬间变成水蒸气，冷锅煎 Omelette 是犯罪，应该罚去给生蛋的母鸡鞠躬道歉；比如，好黄油是不可或缺的，不用黄油煎 Omelette 的，都是异端分子。但是，用铜锅、铝锅还是铁锅？对付蛋用木叉还是铁叉？鸡蛋打匀之后，要等泡沫消停呢，还是直接便下去？是否需要添加其他酒类调味？是否需要加干酪？什么时候加？是干酪直接融在锅里，还是撒帕玛森干酪粉？最好的 Omelette，到底是卷洋葱、卷火腿，撒上松露切片，还是单纯的鸡蛋饼本身呢？

当然这些都没太所谓。到最后，您还是可以独自在家里，下半个鸡蛋那么多的黄油，在高温锅里融化后，下鸡蛋，等它变成金黄色，再考虑要加盐还是胡椒。做 Omelette 这事，其实与世上大多数的事一样，无论你做到多好，总有正统派过来指手画脚。所以呢，做自己喜欢的就好。

希腊家庭或小馆子，比如说，一桌菜吃差不多了，觉得加新菜没必要，又似乎得用老北京说法——溜溜缝儿，那么，茄子、洋葱、青椒、火腿，都可以拿来，一个 Omelette 全裹卷了，就是个杂烩鸡蛋饼。营养丰富，喷香好吃，是清理冰箱和剩菜的妙招。当然，让原教旨主义 Omelette 的法国人看见，一定会气得脸红脖子粗。

治愈圣地菜市场

古龙在《多情剑客无情剑》里写过些话，大概意思为：一个人如果走投无路，心一窄想寻短见，就放他去菜市场。

大概进了菜市，谁都会重新萌发对生活的热爱。

我们那里以前的菜市场，卖水果、卖糕点的，一般都强调"先尝后买啊"。卖西瓜的开半边或切些三角片，红沙瓤的诱人；卖葡萄的挑姹紫嫣红饱满的搁着，还往上洒些水。美女浓妆，色相诱人。

然而菜市场上可没有王孙公子，倒多是"我先尝尝"的，偏都大嘴、快手。买杨梅，先拣大个儿的吃；啃玉米，不小心就半边没了。我外公试吃起西瓜来，一不小心就能啃掉人家小半个。摊主们脾气坏些的，就夹手夺下，气急败坏："不买别尝！"

我们那里，夏季菜市场常见有卖杨梅的。我爸曾被我妈派去买水果，满嘴嘟囔不乐意，拉着我一路溜达到杨梅摊。

杨梅论篮卖，一篮杨梅水灵灵带叶子，望去个个紫红浑圆。我爸蹲下，带我一起试吃。两三个吃下来觉得甚好，也不还价，就提了一篮。父子俩边走边吃，未到家门口，发现不对。上层酸甜适口的杨梅吃完一层，露出下层干瘪惨淡、白生生的一堆，我和我爸不由得仰天长叹。后来我们二人合计：一个杨梅篮要摆得如此端庄，而且巧夺天工不露痕迹，也属不易。

我外婆以前爱去早市溜达，笃信"早起的猪肉新鲜""早市的蔬菜好吃"，顺手边买早点，边和小吃摊的老板们叨叨抱怨那只知吃不知做、千人恨万人骂、黑了心大懒虫的死老公，然后把热气腾腾的八卦、包子和油条带回家去。

孩子们乐意扎堆在小吃摊和糖人铺：摊主背一个草垛，上面插着七八支竹签，分别是糖人版孙悟空、关云长、包青天、七仙女，诸天神佛、传奇妖怪会聚一堂，阳光下半透明，微微泛黄。孩子吵着要买，大人勉强掏钱，还千万遍叮嘱"千万不能吃"。然后转两圈回来，就见竹签空了，孩子正舔嘴角糖渍企图毁灭证据呢。

以前菜市场的小吃摊，基本可当半个托儿所。大人们出门买菜，孩子独自搁家里不放心，带着。到菜市场，龙蛇混杂，七嘴八舌，天暗地滑，而且满地都是陷阱泥淖。不小心孩子就会踩到哪堆鱼鳞，摔个嘴啃泥。而且孩子怕烦，又好新鲜，看见五彩缤纷、香味四溢的吃食，就显然走不动道儿。所以家长们经常把孩子安置在熟悉的小吃铺，把摊主当托儿所长拜托："一会儿回来接。"

小吃摊大多是味道细碎的一招鲜，油煎者为最上，因为油香四溢，兼有滋滋作响之声，孩子们最容易受哄。我小时候看摊主做萝卜丝饼，觉得怎么白生生一团转眼成油黄酥脆的物儿了，吃来外酥里脆，着实新鲜有趣。馄饨摊主和我混熟之后，可以赊账，跟我爸妈说好："别让孩子带着钱来吃，一个月结一次账便好。"好像也不怕我逃了。轮到给我下馄饨时，加倍地给汤里下豆腐干丝。

入夜之后的菜市场人去摊空，就摇身一变成了夜市小吃街。以前炒饭面菜全方位无敌大排档还不兴盛时，夜市小吃基本还是豆花、馄饨这些即下即熟的汤食，加一些萝卜丝饼、油馓子之类的小食。家远的小贩经常就地解决饮食，卖馓子的和卖豆腐花的大叔经常能并肩一坐，你递包馓子我拿碗豆花，边吃边聊天。入夜后一切都变得温情，连卖油煎饼的大伯都会免费给你摊一个鸡蛋，昏黄灯光照在油光光的皱纹上。

我离家之后，原以为到了大城市，再看不到大菜市场了——用我妈的话说，这地方"很土"。结果到了欧洲，发现菜市场兴盛之极。巴塞罗那最好的海鲜、烧烤和火腿，都在传奇的波盖利亚大菜市场，色彩缤纷之极，常见有亚洲游客，真扛一整个火腿回去的。我则喜欢那菜市场的果脯和后头的烧烤。

巴黎的大菜市场，名气还大些，而且悠久。钱锺书先生《围城》里，方鸿渐坐在个味道怪异的沈太太身边，"心里想这真是从法国新回来的女人，把巴黎大菜场的臭味交响曲都带到中国来了"。

传统的巴黎大菜场，指中央市场 Les Halles。这玩意儿早在 12 世纪时就有概念：巴黎人民在市中心分区摆摊，贩卖蔬菜。中世纪时这里除了卖菜，还带杂耍、卖艺、演讲、嫖妓。大革命前夕，还有一身华服的新派贵族来鼓励人民开悟。19 世纪中叶，这里建起 12 座大市场，大作家左拉说这是"巴黎的肚肠"。每天天不亮，八个火车站，五千辆马车，将猪羊牛鱼、蔬果瓜菜，一气儿运到中心去。

当然，如今大菜市场消失了，分流了，潜入了大街小巷去。

比如朗吉 Rungis。海鲜、肉类、蔬果、奶酪、鲜花。每天仅蔬果，总共得出去三千吨。这地方已经算巴黎近郊了，小巴黎穿戴整齐的诸位轻易不来，都是专业厨子、资深主妇、食品供应商，都是行家，挑肥拣瘦，巧舌如簧。偶尔夹杂旅游者来看热闹。既然如此，免不得看见论半爿买卖的牛、巨大的鱼、大桶的酒之类专业的玩意儿了。

一般游客爱去的，是拉斯帕伊市场 Raspail。这地方在拉丁区，卖的东西也不吓人：土豆、蒜、葱、春夏樱桃、夏秋葡萄、杨桃、蜜瓜、蘑菇、鳕鱼、鲑鱼、贻贝、各类香草。去拉斯帕伊周边的餐厅，叫一份松露煎蛋，或者让上一份意大利面浇橄榄油和松露碎片，多半货真价实。毕竟就在旁边，抬腿就到。

当然不一定非得去这类地方，各地有自己的集市。

比如，塞纳河的托尔比亚克桥边，每逢周末，在卡萨尔斯路边的上坡段，会摆出一列水产。鲑鱼、贻贝、大虾、牡蛎，不一而足。常有人路过，顺手要俩牡蛎，买一瓶农民自酿酒，就溜达过马路，到塞纳河边喝酒去了。

巴士底广场每逢周四，会开两大列四大排的市集，蔓延半站地铁的长度。服饰、音像、鸡蛋、海鲜、蔬果便不提了。有阿姨专门做了肉丸、烤鸡这些成品货，周遭的学生与上班族周四午休就跑出来买，然后坐在公园里面对着喷泉大吃大喝。

现代食品工业，是把肉类蔬果都分门别类切割包装，很容易让人觉得买一坨牛肉与一条面包，相去不远，都是买包装好的东西。

真到了食品的源头，才会发现食材本身，到底还是粗莽原始、厚重血气的。

19世纪法国大诗人波德莱尔眼中，真正的巴黎民间快乐，来自那些最平常的节假日：孩子们逃离学校、大人们与噩梦般的生活暂时停火，在与生活无休无止的斗争中和整天的提心吊胆中，获得一次短暂的停歇。无论是市井之徒还是致力于精神世界的人，都难以摆脱这民间的快乐，到处一片光芒、烟尘、叫喊、欢乐和嘈杂，生命力满溢的狂欢。

这种狂欢是什么味道的呢？波德莱尔说，是一种"油炸食品的香味"。波德莱尔认为，这味道压倒一切芬芳，像是为这节日所供烧的香火。

巴黎传奇中的上流社会是什么味道，我们已经无从得知了。但左拉在《巴黎的饕餮》里，倒是如此绘声绘色地报了一段19世纪的巴黎菜名：什锦生菜、莴苣，蓬勃肥壮，各带泥土，露出鲜润的心；成把的菠菜与羊蹄菜，成堆的豌豆与四季豆，包心白菜和卷心菜堆积如山；茄子深紫，番茄殷红，金黄的洋葱，橙色的南瓜；胡萝卜，白萝卜；整头小牛，鲜红的牛羊肉，淡红色的小牛肉，剖腹去肠，小牛脑髓，深紫色的牛腰子；猪肠子里塞了生肉糜和生油；腊肠、腊猪舌、猪肉糜和油渍沙丁鱼；鹅肝冻，野兔冻；丁香、豆蔻、胡椒；腌青鱼、熏沙丁鱼、肥膘火腿、柠檬果盘；熏牛舌、熏猪肘；苹果、白梨、葡萄。

这些，加上大葱味、大蒜味、甜菜味、波德莱尔的油炸食品味，才是巴黎真正的底色。

我每次回无锡，都喜欢陪爸妈去菜场，顺便吃馄饨、汤包、芝麻烧饼，还有羊肉汤、牛肉粉丝汤。菜场上的东西，总还是会去吃点儿。

闻到鱼腥味、菜叶味、生鲜肉味、烧饼味、萝卜丝饼味、臭豆腐味、廉价香水味，听到吆喝声、剁肉声、鱼贩子水槽哗啦声、运货小车司机大吼"让一让，让一让"的声、小孩子哭闹声，望着满菜市场涌动的人流和其上所浮的白气——呼吸呵出来的、蒸包子氤出来的，我觉得自己又回到了妥帖安稳的地方。好像小时候菜市场收摊后的馄饨铺，热汤和暖黄灯光似曾相识的温暖出来了。

其实哪里的菜场，都差不多。

玛格丽特·杜拉斯在她著名的《情人》里，描述女主角与那位情人约会的房间。那里该是什么味道呢？杜拉斯说道："浓郁的香烟味、炒花生味、牛肉汤粉味、烤猪肉味、蔬菜味、茉莉花味、尘土味、佛香味、松炭味……"

就是在如此生活化的味道里，女主角和她那位情人对彼此所爱永远铭记，至死方休。

所以，您看，哪里的人间味道，都是差不多的。人只有真正回到了有人味儿的地方，才能想起来：人间是这样的呀。

美味的黑暗料理

西瓜 + 山羊奶酪 + 蜂蜜。

这搭配能吃吗？

能吃，还相当好吃。

我是在希腊基克拉泽斯群岛的某个馆子，见了这道甜品。主厨那位太太，爸爸是日本血统的巴西人，母亲是希腊国籍的德国人，自己又在泰国读过书，如今人在希腊，所以做起菜来相当天马行空。就在这道甜品前，她端出来的是：舞菇 + 鱼肉末，裹粉加榛子碎油炸后，蘸泰式甜辣酱吃。也不错。

按她的说法：放下已有偏见限制后，什么味道都不妨试一试——也许就能发现真正的完美搭配呢？

当然，类似的混搭吃法，各地都有花里胡哨的做法。

20 世纪中叶，美国西海岸就有人念叨："日本传统爱吃的鲔鱼刺身 + 酱油，酱油完全可以用蛋黄酱代替嘛！"鲔鱼刺身 + 蛋黄酱，估计老派日本人看了会皱眉，但实际上，也挺好吃。

我有位朋友，在巴黎的"蓝色列车"，点了当日厨师推荐菜：鲑鱼蘸芝麻烤后，配酱油基底和第戎芥末两种蘸酱。她狐疑地观察半天，问我："这是法国厨师做的吗？怎么这调味怪怪的？"

我说："不妨试试，打开思路嘛，什么东西都可以搭配起来的。"

比如，比利时人喜欢用华夫饼搭配冰淇淋，这个众所周知；布鲁塞尔有不止一家小店，会提供冰淇淋＋炸薯条的餐后甜点。乍听有点儿古怪，但油炸碳水＋冰淇淋，热脆糯＋甜冰凉，实在是绝配。

同理，薯片＋巧克力酱也可以搭配：咸脆＋醇浓的口感，吃习惯了，特别上瘾。一旦上了这条路，就可以尝试培根配花生酱了——咸脆浓滑，完美比照。

当然，培根也可以配香蕉，培根脆咸，香蕉甜软，这两个打进奶昔或做成三明治馅料，都很值得一吃。

实际上，香蕉搭配一切咸苦味道，都余韵悠长。比如，香蕉打成泥，搭配加盐咖啡，喝过一次的都知道。

香瓜、番茄＋火腿，这在西班牙很多地方都吃得到，夏天下酒一绝。

干酪配葡萄酒很常见，但勃艮第许多地方，干酪配桃子酱、杏酱、草莓酱、蓝莓酱，搭配西柚汁，极为流行，尤其适合不爱喝酒的人。

希腊山羊奶酪＋蜂蜜＋火腿，搭配杏子酱呢？

听起来奇奇怪怪的，但试过一次的，都会觉得：除不够冰之外，简直是完美甜品嘛！

我自己原创的一点经验：某次清冰箱，看剩下的料杂炒一锅。心里寻思：传说梅兰芳前辈以前吃恩承居的鸭油炒豆苗，甚有心得，那我用鸭油来炒剩的菠菜试试？加点儿剩的鲑鱼碎和鸡蛋？事实证明，鸭油炒一切蔬菜或味道不重的东西，都很香。所以鸭油鲑鱼菠菜蛋炒饭，也大有可为。虽然在别人眼里看来，大概是黑暗料理？

只是细想想：多少曾经的黑暗料理，其实是如今的美食呢？

南北朝时，王肃在南朝喝茶吃鱼羹，到北朝吃羊肉酪饮，泾渭分明。后来南北统一，白居易感叹"稻饭红似花，调沃新酪浆"，南方的稻米饭和北方的酪浆可以一桌吃了——王肃大概想不到吧？

如果告诉王肃，南方产的茶里，也可以加塞外产的牛奶，估计他也会大吃一惊？现在我们不惊讶了，奶茶嘛！

大概奶茶搁魏晋南北朝，也会是黑暗料理，现在全人类都喝呢。

有许多所谓"原汁原味的本土搭配"，其实更多是限于地理条件的无奈。咖喱传到了日本，日本人就能搞出咖喱面包；红茶到了英国，英国人就能往里可劲儿加砂糖，还搞出一堆仪式折腾下午茶；绿茶到了摩洛哥，当地人加了大量薄荷与糖，做成摩洛哥薄荷茶。

所以西瓜＋山羊奶酪＋蜂蜜、鲔鱼刺身＋蛋黄酱、冰淇淋＋炸薯条、酱油＋波本威士忌蘸酱也只是交流的产物。芝士泡面这种东西，20世纪之前不存在，但不妨碍现在大家都觉得不妨试一试。

比如，对一个13世纪的南美人说："你们这里的辣椒和花生，搭配东方花椒、亚洲酱油、姜汁与鸡肉，是完美的酱料。"他一定觉得："神经病，这能吃？"

可是如今，辣椒、花生、花椒、酱油、姜汁，就是伟大的宫保鸡丁。当时想不到不接受的搭配，并不一定代表不好吃。

放下已有偏见限制后，什么味道都不妨试一试——也许就能发现真正的完美搭配呢？

毕竟如今的许多经典搭配，当初也被看作是黑暗料理；今时今日的黑暗料理，安知不会成为以后的经典吃法呢？

当然啦，这道理，也不只是适用于食物了。

海南，吃

十几年前，我初到海口，穿过东门市场，上博爱路，后面是一片大海的味道。确切地说，是大海浓缩发酵的味道。干货就是如此，闻着难受，但是一进汤就浓鲜诱人。

早前看见有凉茶卖，铺子上一色排开各类药方。买了杯加了金银花和罗汉果的喝，清凉而甜，末了的一丝清苦之味也明显，层次分明。

博爱路走过好几个十字路口，找到朋友郑而重之推荐的牛腩店。坐下叫了一份牛腩饭。南国许多牛腩店都如此：黑黢黢一个店，几张似倒非倒桌，两个油腻腻电扇，外观布衣荆钗，暗藏天香国色——张爱玲说，上海女人相信街角胡同才能吃到美食，我觉得在海南这道理也通行。牛腩、牛腱等上来，搭配粒粒分明的蒸饭。另放了一瓶南乳酱，自蘸取。

当年屈原招魂，拿"肥牛之腱"勾引人。牛腩、牛腱都好在韧、脆而爽。这牛腩做得极道地，入口一嚼，能有"唧"

的一声，肉汁迸裂，韧脆如此。蘸南乳酱，轻脆韧鲜，在嘴里蹦跳犹如活物。肉汁亦鲜，用来拌蒸饭，一清二白地美。米饭和牛腩一样筋道，陪汤一路滑下去。味道鲜浓，过口不咸，好。

黄昏时溜到领市馆，菜单厚重到可以砸人，找海南当地名点：一个大烩菜，一个白切东羊肉，然后炒粉和椰子饭。

各地烩菜其实大体相似，无非本地山珍野味，加本地最受欢迎的腌制品，加提鲜菌类，勾芡烩好，比如安徽的"李鸿章烩菜"。海南的烩菜比安徽的清鲜，据说料有十种：腐竹、蹄筋之类是各地家常，不新鲜。有趣的是贝类和香肠。贝类是海南本地特产不提，香肠略有广东风味，略甜而香。

白切东羊肉的吃法大出我意料。蘸料是一盘海鲜酱油加芥末，是吃刺身的格局；羊肉片得极薄，每片羊肉之间嵌生葱。我带着一种"大概是羊肉版刺身吧"的概念吃了一口，味道鲜明，窜鼻子上脑，满脑子大吹汽笛。妙在羊肉本身确实香，细切之后酥而不散，被这两重辣一夹还是香甜有味。

椰子饭有八宝饭的感觉，外有椰蓉，米饭蒸透嵌红豆。吃来有椰子香，清甜而淡，是被芥末围攻后的好援手。炒粉好在极细——我在桂林和广州吃过炒河粉、各种粗细度的米粉，但炒过的粉容易酥脆，要重归粉的韧和滑可难了。大略海南菜味重而香，但不上火、不重油，清而且鲜。

到三亚，根据推荐，一路串街走巷去吃抱罗粉，在 12 月的 29℃的阳光下摸到了一家店。粉上得极快，看配料无出奇处——猪肠、螺蛳、鱼丁等。但吃一口粉，第一感觉是：世上还有这么滑的粉？

在西岛宿完一夜后去吃早饭，岛上的阿妈做了蒸米粉：是米粉浆混合蛋液卷上岛上现产的鱼干蒸成型，似肠粉非肠粉，再配南乳酱。其味也如南方的阳光，明明似是无形物，但温暖明媚美妙多汁到让你觉得分明是可以触及的固体了。

2023 年初，再到海南时，我到琼海中原镇吃早粉，10 点之前，树下座无虚席，10 点后方有座位。说如果来得早，汤粉里会有猪肝碎和肥肠，"猪三鲜"；来晚了，汤粉里就只有瘦肉了。吩咐"加个蛋"，看得出区别：内地来岛客人，习惯吃整蛋；本地人习惯汤粉水铺蛋，不用筷子也能把一碗粉——扁粉鲜汤加葱——吸个七七八八。

早来的老乡吃过一巡后散了，留下的穿着拖鞋打牌饮茶喝咖啡——海南老人喝咖啡似还多过喝茶，加糖极浓甜，整壶整壶喝。树荫下，喝美了，牌好了，二郎腿就跷起来了。

路过了博鳌海边：蓝天白云，椰林树影，水清沙白。

去万宁，停车看海，感叹："明明历史上叫万安现在叫万宁，这里的南方大海偏偏浪到不行。"

也就是在万宁海边，听了一个远房长辈的故事：那位爷爷退休后中风了，坐轮椅，他妻子照顾他；期间爷爷也提出请人照料算了，那奶奶好强，也是想省钱留给晚辈，不肯请人，坚持自己上。终于自己也80岁了，爷爷82岁了。奶奶叹口气，说："好吧，请个人来照顾咱俩吧。都八十了，省了一辈子，八十了，在自己身上花点儿钱，也没啥。"

请了个阿姨来后，生活质量大增，甚至有余裕出去旅游了。

去了广西北海，老爷子兴致盎然，吩咐去买根拐杖；到了桂林，老爷子居然撑着拐杖站了起来，跟奶奶合照了。人都担心他，他说没事，在家困闷人都萎了，动弹动弹反而好，"哪怕是回光返照，也是高兴死的！"

到了海南，每天逸兴遄飞，一句话挂嘴边："在家风都吹得倒，出门狗都撵不到！"

海南万宁溪边村，"故人具鸡黍，邀我至田家""东山西畔南溪北，更没溪山只有花"，诗中风景悉在目前——然而这是冬天的景致。吃椰林走地鸡：一大盆中，只有鸡肉、鸡血与椰子，别无其他。加了什么料？盐而已，金黄鸡油，椰水为汤，清鲜甜美，莫可名状。

也就是在这里，陪另两位长辈吃饭，听他们叹各自的经历。

甲长辈做了内脏手术，身体虚弱常发烧，但不服老，替儿子带孙女，还在催儿子赶紧生二胎，他好一起带。

乙长辈退了之后坚拒返聘，说他女儿34岁了还没找男友，就自己爬山打网球组乐队不亦乐乎，他也不管，说女儿过得开心就罢了，他自己老两口儿，就在这花间溪头，看书种花养鸡。

这两位吃了酒，便彼此夸对面："你是人生赢家！"

"不不，你才是人生赢家！"

到最后，谁是人生赢家？各人有自己的答案吧。

南方以南

我妈在 20 世纪末，去过新加坡。20 世纪末，新加坡工业园在无锡新区招人，我妈去应聘当了个什么主管。先在无锡，然后去了新加坡一段，回来跟我绘声绘色吹嘘。当时别的阿姨爱吹新加坡多么繁华，"好过上海"。我妈却做了很合我家家风的举动："天气很多变，走在路上就下雨，下半分钟雨就会停。夜市很热闹，好逛得很！哦哟，东西很好吃！"

我爸逗她："比无锡好吃？"

"不是一个味道——味道更加南方！"

我笑她："新加坡本来就在南方嘛！"

我妈一瞪眼："我说的是味道很南方！你长大了就晓得了！"

比我长一辈的江南人，自诩是南方人（相比于华北、东北、西北），总觉得"南方人吃的味道，蛮温和的"，但再往南方，味道就凶烈起来。

　　大概，越往南方，血液温度越高，味道越凶越夺人，勾人心魄，直抵灵魂吧？

　　现在想起来，新加坡的夜市，难怪我妈妈惊讶。本来我妈妈想象中新加坡依然是富裕国家、文明都市，理应冷艳高傲才是。但夜市喧腾、锅铲横飞，又比我们那里热闹得多。细想来，还是跟温度有关。意大利有建筑学家说过，越是接近赤道的地方，国民越喜欢户外活动。在亚洲，就体现为越热的地方，夜市越折腾得晚。也难怪，比如12月的吉林，我一般都直钻路边大屋，去吃铁锅炖了；但12月的三亚和12月的新加坡，人民还在户外吃五喝六，吃野生鱼类呢；如果嫌凉，最多加点儿辣！

　　说起来，新加坡给我最深的印象，就是辣。吃什么粉，都能给你加点儿青辣椒。乍看不辣，以为是青椒那样的口味。一口下去，辣得我全身一抖，冷汗立刻就下来了。我一个重庆女婿，也算什么辣都吃过，但新加坡的青辣椒，还是出我意料。

　　不只是辣椒。新加坡的鱼露、沙茶，味道都格外凶猛。巴黎的东南亚超市，买得到各色鱼露沙茶，我也拿回去做菜。做个沙茶牛肉之类，不觉得厉害。真在新加坡夜市，才知道味道可以多凶——就跟在斯里兰卡吃咖喱似的，新鲜调出来的香料，味道超乎想象。这时才真理解，为什么香辛料老专家会认为，嗅觉与味觉应该并重：江南菜讲究婉约，广东汤讲究醇厚。新加坡夜市这种大摇大摆的凶，真也让人吓一跳。

以前有部老新加坡电视剧《小娘惹》，我看了，印象深刻。去新加坡，也要吃娘惹菜。人家说，娘惹菜其实不是新加坡的——是中国加马来文化的产物，其实更接近中国菜，"就是更加辣一点儿"。看时，果然。芒果沙拉、鱼肉泥、粽子、卤肉，这些在广东也吃得到，只是下料更加凶些，而且香蕉叶裹鱼肉粽这样子，就更接近自然食材；蜂蜜青辣椒卤肉糯米饭，我这个爱吃甜的无锡人都觉得口味重——他们却习以为常。

既然说娘惹菜其实是中国加马来风味，大概马来自身风格比新加坡更强烈些？的确如此。

到马来西亚，印象最深的，便是这里水多、蚊子多。被蚊子叮着，抱着一碗粉吃，吃得稀里哗啦。马来西亚好像什么都可以加椰浆，酸甜苦辣，仿佛法国人下黄油、希腊人下橄榄油似的。

吉隆坡路边有些奇怪的小食，样样看着都古怪，细吃又很有趣。最厉害的，是盐扣了肉来烤——这个做法好像叫盐釜，法国人用来对付野味，但马来西亚人鸡鱼都能拿来拾掇。

我自己也曾试过用椰浆料理咖喱，但做不到吉隆坡这么好吃。当时百忙之中来不及问，后来到了曼谷，一边吃一家泰国咖喱米粉——老板写的法语菜单叫"水晶面"，真会用词啊，一边问诀窍，老板淡淡地说："没有诀窍，就是椰浆不能煮滚，滚了，味道就不好了。"

原来如此。

曼谷给我印象最深的，是蔬菜和水果。似乎处理食材的凶辣，泰国不及马来，但蔬菜水果的鲜活，泰国好得多。水果个个都像经历了外星科技，硕大无比，让我觉得自己以前吃的水果都是小人国出产的。除了大，还有甜。泰国的水果甜得不对劲，是那种吃了一口，能让人躺住、仿佛一口吞下了阳光的甜。比如寻常饭后甜点，我可以吃两个芒果，在曼谷，用勺子挖了半个芒果，我就心悸不已，嘴被粘住，寻思留点儿余地吧。

能让吃甜的人知难而退，就是这么甜。

我是在曼谷学会的徒手开榴梿。先去了蒂，看蒂下有条缝，徒手一掰，咔嚓，开了。掏了就吃。榴梿是水果之王，吃过才知道为什么：泰国的榴梿，气味尤其芳烈。我开了一个，吃了四块，剩下的用保鲜膜装好，塞进冰箱——可依然满房间都是榴梿味道。赛过熏香。

卖榴梿的大叔跟我说："一定不要跟爱吃榴梿的姑娘私通！老婆肯定闻得出来。"我下次去跟他买榴梿时跟他点头："味道真是厉害。"大叔笑哈哈地说："要不然，让老婆也爱上吃榴梿就好啦！"怎么听都像经验之谈。

清迈感觉像个热带版的马拉喀什或佛罗伦萨，依托古城，别有生活。哪怕不信佛，在清迈和清莱看庙，也是有趣的体验：不为了拜佛、祈福、开悟，单为了"这建筑样式真敢玩"。清莱白日焰火版的龙昆寺、金碧辉煌的蓝庙、老艺术家私人博物馆的黑庙，走着像进了游戏CG①。富丽堂皇的双龙寺，青山绿水的啪拉寺，都是东方视角一望即知的好看。

旅游体验也总是天差地别。我觉得最差的感觉是"下次再也不来了"；好一点儿的是"真不错，下次有空再来"。再好一点儿："你们会不会亏本哦？要不要这么拼哦？"最好的是："这里房价怎么样？想在这里买房了。"

清迈多一点儿体会：日常街头太多年轻人做生意或卖艺贴着"挣学费"的标签，其拼命程度，会让心软的人想：唉，得成全他们一下——你们一定要考上清迈大学啊！

清迈的尼曼一号，大圣诞树旁，生腌鲑鱼、火烤冰淇淋、炸鱼饼，热热闹闹。旁边还有招牌：圣诞！冰奶茶！冰

---

① 游戏CG通常指的是游戏中使用的计算机图形（Computer Graphics），这些图形是通过计算机技术生成并处理的，用于创建游戏内的场景、人物、动画或图片等视觉内容。游戏CG涵盖了渲染、建模、动画、合成等多个方面，是现代游戏开发中不可或缺的一部分。

咖啡！

曼谷 32℃的天，满街短袖拖鞋，大商厦里开足空调，海南鸡饭、咖喱蟹、冬阴功海鲜汤，都挂着圣诞特价牌——看着也没啥冬天氛围。

我没去过老挝，但在巴黎吃到了两样老挝菜。一是小罐糯米饭——老挝人好像爱吃糯米饭，村上春树也写过："用肉炖入了味，加一些我不知道是什么的香料，有种苦甜交加的香味。"另一种是小碗茶，有些像重庆的油茶和湖南的擂茶混合之后的奇怪做法：炸黄豆、花生、蒜干、虾米、芝麻、辣椒、茶叶和其他马来西亚调味香料。

我有位长辈说："老挝菜是东南亚菜中的山里菜。"

南方以南有什么呢？

更多的蚊子，更潮湿的气候，可能更艰难的生活环境。

但也是更鲜、更辣、更甜、更冲动、更凶烈的味道。是更多的户外生活，更多野趣十足的，以及来自自然本身的凶猛吧？

去到南方，为的不就是一头撞进更晒、更烈、更辣的自然本身吗？

传世美味是将就出来的

许多重口味美食，最初都是平民食品。

李劼人先生写最早的夫妻肺片，是挑许多人不吃的牛脑壳皮，切成薄且透明的片，用香卤水煮好，拌熟油辣汁和调料来吃。

车辐先生说重庆火锅起源：1920 年，江北县有人卖水牛肉，便宜，所以沿江干力气活儿的人爱吃，拿来打牙祭。水牛肉卖得好，牛心肝肚舌也就一起卖了。

当时便流行在嘉陵江边，摆担子小摊，架长凳，放铁锅，煮卤水，开始涮这些牛心肝肚舌。最初叫"毛肚火锅"，后来又不拘泥于毛肚了。

据说麻婆豆腐本是成都城北门外乡下饭铺的陈麻婆做的，同治年间每碗豆腐八文。据说最初做这么辣，是为了让脚夫们多吃几碗饭。

齐如山先生曾写过华北的民间吃食，论到"嘎嘎"这个东西时，这么说："玉米面，加水和好，摊成片儿，切为见方不到一寸的小块儿，再用簸箕摇为球儿，入沸煮熟，加香油、葱末、盐便足；再好则加大黄豆芽、菠菜、白菜丝等等；再讲究则先在锅内放油（羊尾巴油最好），加酱炸熟，或加些辣椒。乡间食此，都是白水一煮，加些蔬菜；城镇中则都要煵锅，加辣椒及酱等，口味较为浓香。这确是寒苦人的食品，乡间食此，嘎嘎就等于饽饽，连吃带喝，比喝粥就好吃多了。"

最熟悉北京平民饮食的老舍先生，在《骆驼祥子》里，也提了一句辣椒。当时祥子被捉了壮丁，逃回了北平城，到桥头吃老豆腐。那段描写极精彩：

> 醋、酱油、花椒油、韭菜末，被热得雪白的豆腐一烫，发出点儿顶香美的味儿，香得使祥子要闭住气；捧着碗，看着深绿的韭菜末儿，他的手不住哆嗦。吃了一口，豆腐把身里烫开一条路；他自己下手又加了两小勺辣椒油。一碗吃完，他的汗已湿透了裤腰。半闭着眼，把碗递出去："再来一碗。"

这一碗老豆腐，活色生香。虽食材也不算高级，但韭菜末、辣椒油、花椒油，滚烫的豆腐，很平民，很老北京，就能把祥子救活了。大概那会儿，祥子这样的车夫能消费的，也喜欢的调味品，就是辣椒油、花椒油和韭菜末，是普通老百姓的吃食。

沈从文先生认为，顶好吃的是烂贱喷香的炖牛肉——用这牛肉蘸盐水辣子，同米粉在一块儿吃。这吃法很湖南、很乡土、很直爽，突出的一是烂（酥烂的烂，需要锅里炖得久），二是贱，便宜的贱。

都是辣得迷人的平民食物。但时至今日，日本中华料理店也卖麻婆豆腐，重庆火锅店与湖南牛肉米粉在巴黎也叫得到外卖，纽约皇后区也有夫妻肺片卖。食物的生命力与源头无关，好吃就得了。

老北京卤煮火烧，原是边角料杂烩，猪大肠、肺头、炸豆腐片、血豆腐放火烧煮后切，浇卤加酱汁香菜什么的。

类似的大杂烩，其实到处都有。

法国南部经典的马赛鱼汤，本是马赛渔夫出海归来，把饭馆不肯买的杂鱼，配上大蒜和茴香做的。自 17 世纪，才加入了番茄做调味；当时还流行搭配干酪丝，因为穷渔夫，没成块的干酪吃——现在馆子里吃马赛鱼汤，人家也要煞有介事地给您切好干酪丝呢。

意大利有一种经典烩鸡 pollo alla cacciatora，橄榄油煎鸡肉，番茄、洋葱、蘑菇等下去炒料，加酒烩鸡，汤汁用来配面包——其实是以前猎人在林间临时烹鸡的法子。说白了，也是各色玩意，搁一起咕嘟咕嘟一锅炖。

巴西有一种经典菜 Feijoada，说白了，牛肉猪肉炖豆。也是以前巴西还不那么宽裕时，人民拿来摄取蛋白质的一锅炖。现在稍微宽裕点儿了，巴西馆子里会搭配米饭与橙子一起上桌——大概有得选了，就会想营养搭配更朴实一点儿？

当然细论从头，日本牛肉饭也一度是类似的穷人乐饮食。但 1923 年关东大地震后，饥民太多，于是各色牛肉饭摊和露天店流行了起来，以至于《读卖新闻》念叨"全国都在吃牛肉饭"——这算是牛肉饭从穷人乐食物进入日本主流阶层的开始。

更早一点儿，日本人吃饭团、喝味噌汤，这些习惯最初都是为了行军打仗而设。战国时期行军，饭团做起来容易，里面加个盐渍梅子，就算是有味道了，包个海苔，更是锦上添花。吃起来，也不需要餐具。味噌结成块，和饭团一起挎在腰里，有热水了，一冲一泡，热腾腾一碗味噌汤，补充各类营养——听起来像现在的泡面汤料。

类似的军粮便携食物，我们很熟悉。北京点心里，许多奶制品，大半与蒙古族和满族人打猎习惯有关，比如萨其马，比如勒特条，都是面粉、鸡蛋、奶油一炸，容易携带，出去打猎跑一天都不坏，随时饿了，马背上就能吃。

欧洲多山，旅行不易，所以许多食物都是比量着旅行来的。德国人吃酸菜加香肠，都是典型的旅行产物：卷心菜腌了，配合猪肉加盐灌的肠子，随煮随吃，不容易坏，很方便。英国人早餐吃的烟肉，早年间是用来搭配黑面包，当航海或行军的军粮。当然，这种吃法，容易缺维生素，所以英国人发现柠檬汁之前，水手常得坏血病。

俄罗斯人当年为了波罗的海出海口，和瑞典人大小数百战，然而饭桌上，也和瑞典人一样吃腌鲱鱼。腌鲱鱼味道酸臭，吃不惯的人很受不了，但军队一度仗着这玩意儿当军粮。想象夜雪茫茫、万里无垠的俄罗斯大地上，驾着马车，醉醺醺一路溜达。这样的旅途里，永不变质的伏特加、酸黄瓜和腌鲱鱼，确实也不错。

美国人1929年至1933年闹经济危机，大萧条，就有人动了脑筋。1937年夏天，美国人杰伊·霍默尔发明了一个玩意：猪肉、糖、盐、水（到此为止还正常），然后加上马铃薯淀粉，最后用硝酸钠，将这肉保存为粉红色——这就是午餐肉。这玩意儿价格低，吃来方便，还不容易坏。到现在，午餐肉行销世界。本来是无可奈何的一道菜，最后也到处流传了。

平民食物登堂入室流传至今的经典案例，莫过于东坡肉。本来苏轼去黄州时，明说了"黄州好猪肉，价贱如泥土。贵者不肯吃，贫者不解煮。早晨起来打两碗，饱得自家君莫管"。说明他当时爱吃猪肉，也无非因为猪肉便宜。至于做法，"净洗铛，少著水，柴头罨烟焰不起。待他自熟莫催他，火候足时他自美"——说白了：花时间。毕竟对平民而言，食材便宜无所谓，可以花时间去做火候嘛。

但能做好吃，能流传下来，就是好：肚子和舌头不骗人。

江浙人略有点儿岁数的，一定都吃过烂糊面或咸泡饭。前者常是现成的清汤，最好是青菜汤，加点儿毛豆、肉丁，拿来炖宽条面，炖得面软烂，筷子一挑都能断了，放小碗里请人吃。为何用小碗？有讲究：稀里呼噜倒在一小碗里，面半融，汤都稠了，吃一个暖和鲜浓劲儿。喜欢面条筋道的人，会觉得这面软塌塌，不经一吃；卖相也着实不好看，一派死缠赖晒。但如果你恰好饿了冷了，吃这么碗面，吃半融在汤里的面、青菜、毛豆和偶尔加的鸡蛋，会觉得入口即化，暖融融的。后者则是找到冷饭和冷汤，倒一锅里，切点儿青菜，就开始熬。熬出来，菜多就叫菜泡饭，菜少就叫汤泡饭，汤不够多就叫咸泡饭。江南以前家家贮点儿虾仁干，当地话叫"开洋"，下一点儿，提味之极。一碗咸泡饭在手，热气腾腾，都不用就菜就汤，呼噜呼噜，捧着就吃。到现在，上海老家常菜馆里，菜单上还赫然有菜泡饭这一味。上桌来看，基本是：青菜切碎，香菇、咸肉，卖相比家里的要端正多了——但到底还是菜泡饭。

　　所以，最初，大多数的食物都是如此：被迫的、将就的、因陋就简的。为什么后来会成为传世的美食？因为人类永无止境的贪婪和欲望，对更美好口味的追求和无休止的试验调整，以及街巷传言的各类秘诀。最后，以及，可能，带了一点儿记忆和爱。

　　许多吃惯山珍海味的上海或苏州老人家，真坐下来，面对满桌菜肴，会摇摇头，带着回忆与爱，坚决地说："我就要一碗热热的菜泡饭！"

贻贝与牡蛎

海明威《老人与海》里，圣地亚哥老头在海上，对付文学史里最有名的大马哈鱼，同时吃金枪鱼充饥。海明威写得很细：从鱼脖颈到尾部，割下一条条深红鱼肉，塞进嘴里咀嚼；他觉得这鱼壮实、血气旺盛，不甜，保留着元气；临了还想，"如果加上一点儿酸橙或者柠檬或者盐，味道可不会坏"。比起日本人用米、酱油和山葵来捏金枪鱼寿司，海明威描述的这种吃法，就挺爷们儿。

他引以为豪的另一种爷们儿吃法，即早年在巴黎时，他一直吃的这玩意儿："冰冷冷的白葡萄酒冲淡了牡蛎那金属般微微发硬的感觉，只剩下海鲜味和多汁的嫩肉。"

欧洲人爱吃牡蛎，除了天生鲜味，还有其他意义：牡蛎与女性，在各类饮食文化里都有挂钩。中国人以前叫牡蛎做西施乳，是读书人起的名字，听来稍有点儿暧昧。李时珍认为牡蛎"肉腥韧不堪"，非得用鸡汤来煮，那是中原居民，还没吃惯海味。

法国人吃牡蛎，讲究生吃，认为可以壮阳。莫泊桑名篇《我的叔叔于勒》里，中产阶级家庭坐海轮去泽西岛，看两位优雅的女士和两位先生，吃现成的刀撬牡蛎。女士用手帕接着牡蛎，吸进嘴里，很快地吸了汁儿，壳扔进海里。当时主角的老爹想花三法郎摆阔，于是拿腔拿调地问家里人："要不要我请你们吃牡蛎？"可见那时候吃牡蛎也算附庸风雅。

法国北边诺曼底诸位，自觉那里牡蛎有鲜味。南法蔚蓝海岸，马赛的一位店老板跟我说起时，对此论调嗤之以鼻："牡蛎就要大而且肥，瘦牡蛎一丢丢，吃了有何滋味？"

在尼斯老城一个海鲜馆子里，老板认真介绍说，他家牡蛎分三款：地中海牡蛎略咸，说这是"地中海的鲜"。大西洋牡蛎不够鲜，但极为肥大，柔韧结实，耐嚼。三就是尼斯和马赛本地近海牡蛎，被吹说有神味。什么味呢？杏仁！说是杏仁味，也无非是先嚼下来有腥鲜咸，后味有些回甜罢了。让人想起老北京卖白薯，栗子味的！

美剧《权力的游戏》第五季里，艾利亚在布拉佛斯港口卖牡蛎，有人要吃，抬手亮刀切好，洒醋。这做法很地中海。在尼斯或戛纳吃牡蛎，用刀子切下瑶柱，加点儿店家送的洋葱红醋，连汁带肉吸进嘴里，鲜酸腥香，一口让人起鸡皮疙瘩。世上有些东西，好吃得让人安适，比如蛋挞，比如热牛奶；有些东西，好吃得让人脊背发凉，带刺激性，比如好酒，比如鲜鸡坳，比如牡蛎。

巴尔扎克很能吃，据说可以吃一百个牡蛎外带十几片羊肉作为前菜；日本人吃炸牡蛎居多，但村上春树也曾写过，他会去出海看鲸，吃牡蛎和圆蛤，搭配柠檬汁和冰镇白葡萄酒，会觉得万事都不妨随他去吧。

贻贝的做法，诺曼底寻常店是本地奶油煮，认为适合配苹果酒，冬天吃很暖和，但南法的吃法不同。普罗旺斯的吃法，是大量的番茄酱加巴西里香草，炖一锅；或加大量的蒜、橄榄油，炖出一锅来，奇香扑鼻。马赛旧港海边，经常见老大爷叫一锅蒜蓉贻贝，一瓶酒，自斟自饮自己掰贻贝，默默吃完后走人，娴熟无比。

我听一位马赛厨子说起尼斯厨子，颇有微词："他们用太多洋葱了！"果然在尼斯，牡蛎的红醋里是泡洋葱的不提，连贻贝都可以是洋葱炒过配酒来炖。

好在无论是洋葱炖还是蒜蓉橄榄油，炖过贻贝后的锅底都留有鲜汁，用面包一蘸，好吃得让人吸溜一声。最爱喝这汁的，会举起炖贻贝的罐子，咕嘟嘟给自己来两口——简直就像鲁提辖给自己灌酒。当然，大多数馆子都会用薯条搭配白汤贻贝。

我见过最猎奇的吃法，是在尼斯老城，一位仁兄叫了鱼汤：橄榄油炒洋葱、西红柿、大蒜、茴香等各类菜，可以自己加切丝奶酪或面包蘸鱼汤吃，吃法仿佛鱼肉泡馍——面包撕开，往里面夹了大蒜贻贝，再用鱼汤泡得汁浓，张开大口，"啊呜"一口下去，满嘴鱼汤、贻贝、面包。哎，真是豪迈！

Kebab

巴黎的每个地铁口，一年四季，都站着几个北非面孔的小伙子，穿着青黑色外套，偶尔摆弄面前一个烧烤架，把烤着的焦黄微黑的玉米、青椒、土豆和肉串们，转一转，掉个个儿。

赶上入了冬，天黑得早，心情很容易岑寂，就没法抵抗这个：嗞儿嗞儿的声响，随烟一起腾燃的香味，拧着你的耳朵抓着你的鼻子，往那儿拽。你心里自然会100遍地念叨"这玩意儿不太卫生吧，价格也不便宜"，但架不住腿会被烤肉香缠住。

能跟这玩意儿打擂台的，大概也就剩 Kebab 了。

我曾试图跟国内亲友解释何谓 Kebab，最后也只好说："咳！法国肉夹馍！"

Kebab 全词是 döner kebap，旋转烤肉。德国人比法国人吃得还欢。据说在 19 世纪，土耳其的布尔萨有位哈茨·伊斯肯德·爱芬迪先生，他在他的家庭日记里写道，他和他祖父觉得，羊肉摊平烤已经不过瘾了，应该旋转起来烤，于是这玩意儿就应运而生。因为没有更早的记载了，一般认为，他老人家是旋转烤肉的发明者。

希腊人在《伊利亚特》里就有烤肉祭神的做法，烤肉历史悠久自不待言，但他们也分：烤 Souvlaki，那就是指一般的烤串，搭配皮塔面包；烤 Gyros，就是旋转烤肉了。碎肉片腌好，旋转着慢慢烤，烤肉人一刀一刀，把肉柱最外层的切下来。这样的烤肉薄而入味，也不错。在希腊点 Kebab，能得到各色碎肉加香料，揉成一个香肠模样的东西，只是不加肠衣，烤了来吃。这玩意儿吃着，已经有点儿像细长型的肉丸子了。

巴黎的 Kebab 馆简单些，多半幽暗残旧。你去柜台，要一份 Kebab，老板就会问你："鸡肉、羊肉还是牛肉？蛋黄酱还是其他酱？配菜要沙拉还是米饭？"米饭是炒到半生半熟的小米饭，焦黄脆，西班牙人大概会爱吃。

正经一份 Kebab，分量豪迈：盘子可以盛下一个篮球，配菜、薯条和烤肉三分天下。沙拉生猛爽凉；薯条的质量普遍不错，焦脆坚挺，兼而有之，立起来像火柴棍，折开时能听见撕纸般的声音，以及焦脆外壳下，一缕温暖的热气，吃到嘴里，有很纯正的土豆香。

当然，重点还是肉。

每家 Kebab，都会迎门在当街人看得见的地方，放一个大烤炉和一大串缓缓转动的肉。一脸的货真价实，顺便也是视觉刺激：没什么东西，比正挨着烤，慢慢泛起深色的肉，更惹人怜爱了。你点好了单，就看见老板手持一柄长尖刀，过去片肉，且烤且片，片满一大盆，就齐活了。法国的 Kebab，烤牛肉和鸡肉居多，一般推荐蘸经典的白酱吃——酸乳加上蒜泥和香草，可以解腻。

我常见有饕餮者，看来是真爱吃肉，面包三两口就着沙拉咽了，然后，不胜怜惜地用叉子挑起肉来——肉被烤过，略干，外脆内韧，很经嚼，因为是片状，不大，容易咽——呼呼地吃，油光光的腮帮子，为了嚼肉，上下动荡，瞪着眼睛，脖子都红粗了，吃下去，咕嘟一口饮料，接着一叉子肉。

Kebab 算街食中的廉价食物，所以女孩子们平常不喜欢：踞案大嚼的，粗豪大汉居多，但也偶有例外。

某年圣诞节，我们去瑞士滑雪，连着吃了几天的瑞士奶酪锅、沙拉和煎鱼，不免口里淡出个鸟来。同行有位四川来的，平时最挑嘴不过、尝试在后院种豆苗解馋的姑娘，就提出要去吃 Kebab！

我们笑说离了巴黎还特意找 Kebab 吃，简直岂有此理，她便嘟着嘴道："吃这个才算吃肉嘛。"

在小镇离火车站不远处，真找到一家 Kebab。端上来，烤肉塞在面包里，张大嘴咔嚓一口下去，大家一边顺嘴抹油，一边点头："这个肉真踏实！"

所以，您看：面和肉的组合，全世界都爱吃。

当然，吃多了，回头想，还是跟肉夹馍不一样。

汉堡包、希腊口袋面包装烤肉和各色其他类似的，许多都有夹杂馅儿。除了肉，也加黄瓜、洋葱、番茄、芹菜。中东许多地方流行加腌菜，觉得这样配肉吃，才不腻。

我以前也这么想，觉得这样吃，均衡有味，耐久。直到被我一位西安朋友批评了，说加各种东西的肉夹馍，都是邪道，包括香菜。我回头去吃，才觉出来，肉夹馍，尤其是腊汁肉夹馍好。

我以前认为，夹肉的馍，就是一个面疙瘩，还怪这馍火候不对："哎师傅，这个焦了吧！"师傅立时满脸晦气状，现在想，当时他们心里，不定怎么咒我呢。

后来被西安朋友上课：好馍馍要九成面粉加一成发酵的面粉，烤个"虎背花心儿"状，黑黄白参差斑斓，才酥才脆才香才嫩，才配得上腊汁肉；吃肉夹馍须得横持，才能吃出连脆带酥的鲜味，不辜负了好馍好肉汁。

一开始吃，当然总希望肉夹馍里，肉夹得越多越好。本来嘛，这类面粉夹馅，不都该这般吃吗？肉夹馍嘛，最好是两片馍薄如纸，中间夹一厚墩汤水淋漓的肉，火车进隧道那样，整块进嗓子眼。

吃多了，慢慢熟了，才觉得馍是咚咚锣鼓，肉是哇哇唢呐，互相渗着搭着才好吃。

肉多了，头两口解馋，后面就觉得嘴巴寂寞，没声音噼啪就和，这才醒悟——得有馍，不然太寂寞。

单吃肉太腻了，何况是肥瘦相间的呢，得加料。有些店铺为了将就人，是肯放些香菜的。后来才觉得，口感驳杂不纯，肉汁也不膏腴了。

腊汁肉是神物，鲜爽不腻，肥肉酥融韧鲜，瘦肉丝丝饱满。把馍一粘一连，肉汁上天下地，把馍都渗通透了，吃起来就觉得鲜味跟挤出来似的，越冒越多。

大概这就是腊汁肉夹馍和其他东西的区别了：饼夹烤肉，各国都有。但烤的肉好在香脆，需要另蘸酱汁。

最好吃的，不是肉，不是干馍，而是外面脆、内部却已被腊汁肉濡润了的馍，连带着醇厚浓郁的肉，这么一口下去。不哽嗓子，不会嫌干，没有乱七八糟的味儿，满嘴香浓。别的面饼夹肉，都做不到腊汁肉夹馍这么精纯啊。

Pho

在巴黎的亚洲人，聚在一起，倘若考虑不出吃什么，就一拍大腿："去吃 Pho 吧！我认识一家很好的！"于是皆大欢喜。

Pho 读作"佛"，就是越南粉。

东南亚的粉，套路不一，但殊途同归，无非陈米磨成粉，追求爽滑弹韧。比起面的宽厚筋道，粉主要求软滑细洁。

饮食都分派别。越南粉到了巴黎，都会细标明北越做法、顺化做法和西贡式做法。越南粉起源自越南北部，算是早饭和下午茶的街食，渐次发展。1954 年日内瓦会议后，数以百万计的越南北部人往南迁移，于是越南粉在南部猛然腾飞。

大概越南北部风格，简洁粗犷，河粉用宽粉，汤底用牛骨，加八角、生姜、白胡椒等，汤里除了粉，还会加油条——乍看有点儿像广东艇仔粥。

南部风格，粉更纤细些，汤头更醇浓甚至黏稠，汤底里除了牛骨，还有牛筋腱。既然是南方，自然要加丁香、肉桂、豆蔻等东南亚香料，还会加洋葱——据说这是受法餐的影响。至于各家自己的汤底，那就百花齐放了。巴黎的越南粉除牛肉外，还会加牛肚。西贡式的越南粉，很容易吃出和广东式粉的区别：广东的粉汤头清鲜有咸味，是大地鱼干熬得的；西贡式越南粉鲜里带出甜味，而且很推荐搭配是拉差辣椒酱和东南亚春卷。

巴黎街头的 Pho 馆，你要一碗西贡粉，按例是这么个配置：一个广口深肚碗端上来，另给一个大碟子，中间横着罗勒、薄荷和肥饱的生绿豆芽菜，凭你自选。另有一小碟，是切开的青柠檬和艳红夺目的辣椒，外加一碟子洋葱、一碟子鱼露，请你自己酌加。大碗里铺着细白滑润的粉，汤头按例是牛骨、牛尾和洋葱熬的，有些店家会往汤里加些冰糖送出甜味。粉上另加各类浇头，据说传统越南粉也有加猪肉、虾与鸡肉的，但巴黎的 Pho 里，最多的是牛腩、牛肉和牛筋。最生猛的，是还殷红着的半生牛肉：在不那么滚烫的汤里泡一会儿，红色褪灰，恰好熟足了，吃，有生鲜的韧劲。

因为配料众多，东南亚的香料又香猛犀利，所以一碗越南粉，有着很开放的可能性。吃越南粉，爱清凉的，加薄荷；爱味重的，鱼露整碟下去；喜欢酸味的，柠檬汁挤干了也不过瘾，还能把柠檬抛进汤里；当然也见过戴眼镜穿条纹衬衫的老华侨，大概不爱吃荤，或是疼爱孩子，把自家的牛肉都夹给孩子吃，把伴碟的豆芽菜往自家碗里倒。

Pho 的命名也很有趣。巴黎的 Pho 有以名字称的：有名的店叫 Pho 大，更有叫 Pho 大大的。分布也很奇怪，比如 Pho13 和 Pho14 都在舒瓦希道上，只隔十来步路。Pho14 因为汤头鲜美，名声大得多，但 Pho13 依然宾客盈门，各人自有各人的口味。据说西贡最有名的是 Pho24 和 Pho2000，这数字游戏，着实不懂。最老牌的 Pho 店会提供牛油葱白，用来调味；跟日本拉面店里要求加点儿猪背油似的，会让老板觉得："你真会吃，这么重口味的都喜欢！"

按 Pho 的正字，是米字旁加个颇。许多越南人认为 Pho 源自法语词火锅 Pot-au-feu——Pot 是锅，feu 是火，Pho 就来自这个 feu，但略嫌牵强。我也听过种说法：Pho 最初源自广东人吃的河粉，广东人惯于以"河"直称河粉了，比如街头镬气看家法宝干炒牛河。Pho 就是广东话"河"。当然这也只是说法之一。越南到欧洲相隔万里，殖民地的语言风俗又纵横交错如东南亚的河流，最初典故，不必尽推。

只要是东亚人，往一个 Pho 店里一坐，闻见胡荽、薄荷、汤头、鱼露的味道，就会觉得宾至如归。倒是法国人吃越南粉辛苦些：东亚人使筷子灵便，左手勺子舀汤，右手筷子夹粉，灵活自如；地道法国人馋一口粉的，经常会直接使勺子，在汤里刨着吃；或者使一根筷子，挑起粉来，然后如获至宝，吸住就呼噜呼噜吃起来——所以吃东西的仪态好看与否，未必关乎人，而在饮食本身呢。

锅子

不同纬度，吃火锅的体验大不同。

我去东北，朋友请吃锅子，满锅的菌菇、海贝，吃个鲜，下的是血肠、大片猪肉与冻豆腐。他处的冻豆腐，没有东北那么扎实韧口——简直可以拿钩子吊起来。大白菜煮在锅里，起来时还脆生生的，不像江南，白菜很容易煮烂了。

北京朋友说吃羊肉，一般意思就是吃涮羊肉锅。吃到后来，容易放浪形骸。大雪纷飞之中，穿着厚外套蹲着吃涮锅子，招呼店家"再来十盘羊肉"，吃热了脱下大衣，肌肤冷而肚内热，头顶自冒蒸汽，将还带着冰碴子的羊肉往锅里一掂，一涮，一吃，一摇头："美！"

肉是厚好，还是薄好呢？涮羊肉爱好者一定想了：这还用说？自然得涮到飞薄嘛！按老北京说法，羊肉只五处适合涮吃，曰：上脑（羊后脖子那儿，肉质嫩，瘦里头带肥）、大三岔（臀尖儿）、磨裆（顾名思义，臀尖儿下面那地方）、小三岔（五花肉，肥瘦了得）、黄瓜条。片肉师傅片得薄了，铜锅里加水、葱姜，上桌来了。蘸料也不麻烦，芝麻酱、香油、韭菜花和腐乳算多了的。如果怕膻腥之气，不过羊肉哪能没有呢？那就加麻楞面，也就是不加盐的花椒粉。

师傅片好羊肉端上桌来，夹一片羊肉，入锅一涮一停——好些老食客连这片刻的停留都能给省了，然后蘸佐料，吃。好羊肉被水一涮，半熟半生，不脱羊肉质感，肥瘦脆都在，饱蘸佐料，一嚼，都融化在一起了，就势滑下肚去，太好了。这时来口白酒，甜辣弥喉，呼一口气都是冬天的味道。

在广东潮汕吃火锅，是另一种风格。广东不冷，很少有雪夜围炉的需求，吃火锅打边炉，吃得悠闲而精细。北京火锅是水涮羊肉蘸酱居多，广州打边炉传统上汤就很好。在广州打边炉，传统上吃的，是虾仁鱿鱼、腰片肚片、鱼片鸡片、鱼滑虾滑。

我以前跟我一位朋友开玩笑，说："这顿饭吃不掉的鱼片腰片，明早起来，是不是还能直接煮艇仔粥吃？"

朋友认真地回答："顺德菜里，真的有白粥底火锅哟！"

广东锅也有风格豪迈的，那就是潮汕牛肉锅了：按传统说法，沙茶酱加高汤为底，炭火慢煮牛肉而成，后来就发展出了清汤牛肉锅。我的广东朋友总结道："广东范围内的火锅——包括醉鸡锅、猪骨煲、牛肉锅，大多都是用鲜美食材熬一锅汤，顺便涮点儿清鲜可口的食物。"

在川渝地区，说吃火锅，那就说来话长了。比如，在重庆说吃火锅，那是得正经一桌的：红锅翻浪，白锅陪衬，给不擅吃辣又忍不住想尝尝禁果的诸位，预备着鸳鸯锅。虽然许多时候，我要吃鸳鸯锅，会遭遇本地人无限叹惋地迁就："好好，鸳鸯锅就鸳鸯锅。"

重庆汤底，牛油普遍更厚，有些店下锅之前，要一大块牛油给客人过目，方才下得去；滴在桌布上，须臾便凝结为蜡状。所以在重庆红锅里吃蔬菜极考验技巧：一来蔬菜吸油，二来容易夹杂花椒。

而且吃法还不太一样：大概，下料烫完，起锅再吃的，是为冒菜。

将串串搁在锅里，烫完起来吃的，是串串——粗看，可算是火锅的零碎版本。

吃火锅，大家都要油碟：殷勤的店家会将蒜泥碟送上，让你看过"确是新鲜蒜泥"，再下麻油。

吃串串，便会有人要干碟：花生碎、黄豆末，佐以辣椒面和花椒面——贵州有些地方的夜市，吃烧烤也是这个派头。

吃火锅，进门要的四大金刚，基本是鸭肠、黄喉、毛肚、菌花，还要问："有没有脑花？有没有酥肉？"

吃冒菜，麻花、酥肉、菌花之类会少一些，而代之以牛肉、毛肚、土豆、藕片，以及各类蔬菜。

火锅中格火猛汤烈，急烫毛肚、鹅肠、黄喉、牛肝、腰花，脆鲜。

边锅热，煮豆腐、魔芋、肥肠、老肉渐熟，有味。

角锅温，脑花、血旺慢炖入味，丰润。

平时稀里糊涂，提笔忘字。上桌见锅，哪一格里什么菜烫了几秒，什么火候，该蘸什么碟，眼疾手快，运筹帷幄，清清楚楚。

我猜想过，川渝这里几乎人人能下厨——虽然不一定人人肯下厨——与日常汤锅息息相关：大家都熟悉食材由生到熟的流程，对食材新鲜与否、刀工如何、正确火候、菌菇怎么洗、肉的脂肪分布、内脏处理对不对，格外敏感；又熟悉辛香调料的使用，每个人都自己打过油碟、蘸碟、味碟，所以真要下厨也信手拈来。反过来，在这里开店也竞争激烈。毕竟此地大家嘴都刁，又都懂调味和食材。不好吃的关窍在哪里，老食客吃了眉头一皱，立刻就知道。

如果论狭义的火锅，即"牛油锅底的，上毛肚、鹅肠、郡花、黄喉的，吃到最后要来份芽菜炒饭和冰粉收尾的"火锅，重庆人也不天天吃，通常一周一次差不多了。但广义的汤锅涮烫，重庆人天天吃：渣渣牛肉、跷脚牛肉，甚至贵州夺夺粉，只要荤汤香锅，都可以"顺便涮点儿其他吧"。尤其是秋冬天，一锅烩所有。

一个人去吃串串，叉腿对着一个锅，下四五十串、开两三瓶啤酒，说起来，只算是喝夜啤酒而已。我就曾经在夏夜，一个山坡的串串铺里，一个人吃了53串，两瓶啤酒——鲜香猛辣，直吃得嘴里一片噼里啪啦，许多辣香在烟花般烫舌，满嘴的香。

吃火锅，传统上不太好一个人去。仿佛日剧里请吃烤肉：如果一个人去吃火锅或吃烤肉，占一张桌子，很显个别。但现在时代变了，重庆许多火锅店，安个屏风，一个单格火锅。服务生说："现在许多年轻人，想吃火锅，又懒得聚一堆人，那索性就一个人来吃火锅。要个九宫格，左右屏风一挡，自己放开吃，也好。"

当然，终究是人多才热闹。

我听过一个故事：一个重庆长辈在几个不同的微信群里，说了句语音"搞到十斤新鲜毛肚，今晚在某某店里，想吃的来"，晚上当桌火锅就凑满了十几个互不相识的人；大家肝胆相照地把毛肚吃光了，临出门前，互相加微信，又组起了一个新群，很快打成一片。毕竟，"会专门跑远路来吃口毛肚的，一定是好人"。

当然，吃锅子，全世界都爱。

日本人很爱吃锅，寿喜锅、涮锅之外，还有种种名色。

老派的日本火锅有种做法，叫做丸炊。鳖、酱油、酒，一起用土锅焖煮。温度极高，土锅通红，叫人担心随时会裂开——并不会。有些店吹得神乎其神，说煮过十几年的土锅是宝：随意下点儿白水，加点儿酱油一煮，汤都是鲜的，说是鳖的精华穷年累月渗进锅里去了。自鳖锅开始，日本又极重各类水产锅。鳝鱼锅、荒鱼锅、螃蟹锅、河豚锅，都能拿起来当锅吃。

日本人最普遍的锅子，叫做锄烧，Sukiyaki，有传说是在锄头上烤肉所得。现在的惯常做法，是以牛油为底，牛肉略烤过，加酱油、味醂等调味，再下煎豆腐、魔芋丝、金针菇之类，涮起的肉累加蛋汁，这玩意儿发展到现在，就是日本馆子里的"寿喜烧"。

日本大美食家，通篆刻、绘画、陶艺、书法、漆艺的北大路鲁山人先生，却觉得寿喜烧吃口太繁杂，他自创过一种锅子：鲣节昆布高汤为底，豆腐等切得的厚度恰好与汤在锅里的深度相仿，肉片切厚，控制火温，肉、豆腐及野菜等，趁汤在将滚未滚时炖煮，夹起来，蘸酱油吃。他最在意的细节，是"肉片切厚"。他认为肉太薄，一煮便老，嚼劲全无，还是厚一些好。

我也见过老韩国馆子，里头有鱼火锅。据说讲究的是先煮萝卜，等汤有萝卜的香甜味儿了，下贝类、鱼块等海产品，略熟，再下青辣椒、红辣椒，以及刚碾好的蒜蓉。这一锅喧腾，最宜酒后吃。醉得有些昏沉时，来一口鱼肉一口汤，猝不及防就容易被辣得打喷嚏，两耳嗡嗡，鼻中嗖嗖带风，立刻心明眼亮，觉得还能多喝两杯。

法国和瑞士边境那一带，大家都爱吃瑞士干酪火锅，正经的瑞士干酪火锅叫做 Fondue，是法语"融化"的意思：锅不大，锅底浓稠的干酪已被温度烘软，缠绵不已。所用餐具，乃是个细巧的长杆二尖叉，用来叉土豆、面包片、火腿下锅。没有北京涮羊肉那种"涮熟"的过程，更像是卷了缠绵的干酪，直接就吃。涮料也少，传统吃法是酥脆的干面包配干酪。面包疏松，干酪无孔不入，钻将进去，形成一个密不透风的面包球酪，吃上去，外软内酥，味道极好。也有土豆或火腿配干酪的吃法。

吃到餐尾，火腿、面包、土豆皆尽，锅里还有层干酪留着。灭了火，干酪慢慢凝结起来，在锅底结了。干酪冷却之后，脆结锅底的那层，叫做 Religieuse——法语"修女"之意。吃来仿佛焦脆烤肉，冰了吃，又如冰脆三文鱼刺身。吃得满脸通红，彼此点着头。外面正大雪飞扬。

配酒

古人每逢要显豁达，便须得饮酒。"人生忽如寄，寿无金石固。不如饮美酒，被服纨与素。"喝了再说。王恭笑过魏晋人，说他们痛饮酒、熟读《离骚》，就敢称名士了。以我所见，名士不名士，姑且不提；痛饮酒，有点儿可惜。

酒是有味道的，得就着点儿东西喝。

法国人以前有句谚语，说"葡萄酒该搭着奶酪卖，带着苹果买"。再劣的葡萄酒，配奶酪都喝得下去；再好的葡萄酒，配苹果，口味就糟糕了。理由也不难猜。劣葡萄酒，大多酸度与单宁过甚，涩口，刺舌辣喉；奶酪能平衡单宁，仿佛上了妆，就柔化了劣酒的线条，突出了果香。反过来，好葡萄酒又赶上好时辰，果香、酸、单宁都会平衡，葡萄酒本身带苹果酸，你再带着苹果去吃，酸上加酸，就显出吓人来了。

法国菜配酒，复杂无比，仿佛巫术口诀。当然有些基本原则，大到红酒配红肉，白酒配白肉，细到勃艮第的沙布利白酒配生蚝，取其果味芬芳、口感细腻，对不那么讲究的人而言，简直烦琐至极，而且有些相当反直觉。许多饮食搭配，比如啤酒配香肠、麻婆豆腐配米饭，都是一口味道重、一口味道爽。浓艳到清冽，讲究个循环往复、浓淡相间。但法国人给葡萄酒配菜，往往不是为了洗嘴，还有类似于酱料的添味、调味作用。

其实也可以这么理解：这些酒是菜的第二酱汁。点菜配酒时认认真真的人中，固然不少是附庸风雅，但也有可能是真吃货，在给自己认真配酱汁呢！

如果搞抒情一点儿，可以说：勃艮第的黑皮诺以轻柔见长，所以适合搭配各色蘑菇这类有地方风味的清鲜菜；霞多丽有优雅的酸味，所以适合搭配酱汁鲜美的鱼与虾；好香槟偶或有坚果味，也适合搭配咸脆的小食；波尔多左岸的赤霞珠该搭配多汁的红肉；丰饶的奶酪制品该搭酸甜的桃红酒。阿根廷的马尔贝克搭配甜辣的烧烤，再辣一点儿的食物就得搭配西拉。东南亚系列的甜辣，适合配桃子口味的雷司令。

说白了，就像我们自己吃火锅前，都想自己调配好香油蒜泥似的。

当然也可以很简单：如果是闲喝小酒，地中海沿岸的店铺里会给你一碟腌橄榄，味道悠远耐嚼；北海沿岸的老板则会给炸脆的薯片或薯条，口感松脆明快。里尔的一位老板，给我端了简易法式炸薯球——是炸过、放凉后的圆厚薯片，再炸一次，蓬松涨起，另抹干酪的做法，很香。

阿姆斯特丹街头常见的是 FEBO，可以理解为荷兰麦当劳。你进去要一个总汇盒，店员就给你一大盒滋沥沥作响、油炸出来的玩意儿：深灰色的，那是鸡肉肠；颜色艳一些的，牛杂肠；通红到过火的，外表是层酥炸皮，里头是奶酪和土豆炸融、加了鱼肉碎块的馅儿，乍吃很是烫嘴。荷兰跟德国接壤，做肠子质地口感都好，唯独香料放得很过火，腌得肉味更改。这玩意儿单吃一般，只适合搭配啤酒。

阿姆斯特丹当年市政府所在地，叫做水坝广场。水坝广场边上，穿过一条巷子，有个极老的酒吧，门楣上写着 VOLLEDIGE VERGUNNING，门口经常排一堆人：酒吧太老了，1689 年建的，没给四百多年后的诸位安排座位。吧里大家站着喝，转不过身来，溢将出来了。

好在老板不是 1689 年遗下来的，谈吐灵便，英语、法语、荷兰语、德语都使得，在吧台边对付排着队的来客。这吧以琴酒为主，每每来客要求他推荐琴酒，他便将谢顶的脑袋晃得眼镜要飞出去，说他不推荐，只问诸位："是要甜一点儿的？苦一点儿的？辣一点儿的？酸一点儿的？"甜的，他拿出樱桃味的自调酒；苦的，杏仁味；辣的，一个奇奇怪怪的单词天晓得什么配的酒；酸的，绿柠檬味。倒满一杯，搁在吧台上，先让大家吸一口，吸了觉得味道好，"咣当"一口干了。"再来一个？"再来一个的就接着喝，觉得够了的，就问老板要一杯黑啤酒，一边儿喝去了。轮到我们时，看是亚洲脸，就问："要米酒味道的杜松子吗？"他还真能拿出来。

荷兰金酒最初是药物，莱登大学的西尔维斯教授发明的——那地方就是伦勃朗故乡。荷兰金酒一直使的是麦芽蒸馏，加大量香料。调味金酒很像是情绪的染色剂，喝了一杯柠檬味金酒，会觉得思绪都是清鲜绿的；再喝一杯樱桃味的，满脑子都活跳出红色来。老板劝我别喝第三杯："要不喝啤酒吧。"

临走前，觉得总是哪里没挠到痒处，问老板有没有什么老年间的东西，老板放了一瓶在桌上，乳白色，没调过味："维米尔和伦勃朗那年代，就喝这种酒。"我存了"不就是威士忌麦芽酒嘛"的心思来了口，觉得嘴里挨了炸：敢情老式的金酒不调味，酷凶猛得无遮无拦，比伏特加还烧，上头还奇快。我问有没有卖配菜的，老板建议说："出门转个弯，买腌鲱鱼就着吃。"

卖鲱鱼的店，进店去的人全都要一种：鲱鱼 Haring，不要面包。就把一尾鲱鱼，撒上洋葱茸，凶猛地吃将起来。鲱鱼腌过，表面极滑，入口有些咸，比起瑞典和挪威的鲱鱼，简直像没处理过的，生猛。但嚼了几下，洋葱茸和鱼肉就组合出来一种力量。海明威《老人与海》说新鲜金枪鱼不加盐也好吃，"有力气"。烈刺刺的金酒配生鲱鱼，相当带劲。

俄罗斯人就伏特加，可以很寒酸，那就是黑面包、酸黄瓜；也可以极奢华，那就是鱼子酱了。虽然老食客认为，鱼子酱比较细腻，适合搭配略带酸味而甜味绝少的香槟，酸味可以帮着将鱼子酱那点子微妙腥鲜的味道勾一勾，让你有种吸溜溜吸气的感觉。但伏特加也有妙处：好在纯粹，有酒香而无果味，冰透了的伏特加和冷冻的鱼子酱，寒冷与美味会联合袭击，让你脊背发凉，一激灵，脖子一缩，毕生难忘。

法国人一向看不大惯德国菜，但超市里也会老老实实卖酸菜香肠。腌过的酸菜，煮后酸香逼人，与香肠同炖，则香肠取了酸味解腻，酸菜得了肉味显厚，土豆得了这两样之助，口感丰满多了。再就冰啤酒，很妙。当然，德国人会觉得法国香肠做法不正宗。正经德国香肠，猪肉绞后，加盐不多——这一点，德国老板操着英语跟我解释过："加盐多了，容易保存，但口咸；加盐少了，就显出猪肉本身质地了。加其他调味料，肉产生黏性后，灌出香肠，用木屑熏。熏得了，煮来吃。"

德国与法国边境的斯特拉斯堡，许多小店都自制香肠，不零售，就地煮吃，一口咬开，真有肉汁喷薄的美味。有店主比画着，这么跟我形容："香肠和啤酒怎样才好吃？要有爆发力！"

中国人喝酒，那花样自然多了。大体上，一切体积纤微、口感明脆、易于入味的，都好。盐煮笋、茴香豆、豆腐干、青鱼干、肴肉切片、鹅掌、鸭舌、螺蛳、爆鳝，这些用来配热黄酒，自然是妙绝。用来配白酒的，那涮羊肉尤棒，来点儿卤菜嚼着就行。但黄酒、啤酒和白酒，最后都有个万能搭配，即花生米。花生米就酒，越喝越没够。

当然，各地有各地的小食，且独一无二。我的青岛朋友觉得塑料袋扎啤配炸鱿鱼最美，北京长辈觉得白酒配爆肚儿独一无二，重庆长辈认为世上不会有比山城啤酒配串串更美妙的东西。而我的一个赤峰朋友则相信：天下无双的搭配，是蒙古王 + 牛肉干 + 奶油炒米，粗豪凶猛，吃完了，让人想引吭高歌，口中直喷出火来。

拌面与拌饭

2015 年春天，有位写食评的朋友，拉我去巴黎安茹街的某个馆子——当时正努力往星上靠呢——吃场面。

在一片 18 世纪初摄政风格装饰的馆子里，我们吃了三色堇装饰的菠菜蘑菇泥、芝麻油腌生牛肉切丁配芥末搭松子果子冻、海盐帝王蟹、龙虾尾炸芹菜、烤布雷斯鸡配牛肉卷搭蘑菇香肠丁蜗牛肉酱，喝了四种酒。

很好看，也很好吃。

但在回家的路上，我还是觉得哪儿不大对。也不是没吃够，只觉得身体里仿佛有个黑洞没填满。

我在进家门前，多绕了 100 米，去熟的面馆，要了一份炸酱面——把面拌停当了，看着黄瓜丝、炸酱、肥瘦均衡的肉末与手擀面，吸溜溜一口面下去，我觉得，体内的黑洞填满了。

这种情感大概不难明白。

人都喜欢有点儿什么软滑香浓的东西来拌饭。奢侈到老港剧里的鱼翅捞饭、鲍汁拌饭，普通到黄油饭、蒸蛋饭。前者味道醇浓，后者可以自己酌定味道：比如蒸蛋拌饭，我就喜欢加点儿麻油。

简单如酱油拌面，奢华如秃黄油拌面，都不过是为了多个味儿。

拌饭，带骨红烧蹄髈的汁，拌热米饭。蹄髈的肥润，骨汤的香浓。拌，棒透了。

炭烤鳗鱼，连鳗鱼汁一起，筷子撕碎，拌热米饭。好鳗鱼入口即化，连鳗鱼汁附在饭上，大美。比起上一项，这个更黏稠，看各人喜欢了。

吃剩的奶油蒜蓉蘑菇贻贝汤，里头东西吃完了，剩下汤，大火收一下汁，浇米饭，拌。很鲜，不腻。

鸡腿肉煮罢，手撕成缕，土豆略炒，咖喱粉下去，加水，加鸡腿肉柳，煮，煮到土豆近乎融化，咖喱鸡柳覆在饭上，拌了，好。

咖喱鸡缕搁冰箱，冰透，放热饭上，等融化，吃，完美。

蒸鸡蛋，滴一点儿麻油，覆在米饭上，拌成蛋花饭，入口香软。热饭如果煮得韧，口感更好。

热碗热饭，单面煎荷包蛋，放在热饭上，加一点儿酱油，戳破荷包蛋流黄，拌一下，很香——鸡蛋黄热了之后的香味，很难描述。

还是热碗热饭，直接将鸡蛋打上去，盖好，耐心等一会儿，起盖，鸡蛋能如玻璃般凝固在饭面上，下酱料一拌，很美。

猪油渣加热，到融化成猪油了，发焦脆香了，加酱油。立刻起锅，浇在米饭上，会有"刺啦"一声。立刻拌了吃，配带葱的酱油汤，是我们这里老年间吃法。热饭如果带锅巴，吃这个更棒。

煎到粉红色、肉柳成丝的三文鱼，以及刚熟透的牛油果，加一点儿酱油，下米饭，拌。热米饭会将鱼香和牛油果香烫出来，好吃而且不腻。

拌面，最简单的吃法：大热碗里放酱油、葱花和猪油，将热面覆上，拌。等猪油融化了，可以吃了，膏腴丰美。这么处理，面越烫，越好吃。

如果有现成没喝完的汤，那么收汁或者勾芡，看喜欢了；到像清卤的醇浓度，浇面；再有什么撒什么，白芝麻、花生碎、酸豆角等等，一起拌面，很香。

川渝地区很多地方有各类饭扫光、饭遭殃之类的，都能拿来拌面。加一把水烫熟的空心菜就是一顿了。

若有肉臊子，用找得到的酱，番茄酱、麻辣酱、沙茶酱、海鲜酱，都行，一起炒出香味，覆在面上，拌，好了。

肉臊子是天生的面食搭配。担担面和意大利肉酱面，中西方都从这里找。

我自己想过的法子，试过，可以吃：新鲜生鸡蛋，酱油、花椒粉或其他一起撒在面上，面不宜多，用热锅烫油，泼在面上，趁热将被烫得半熟的流质鸡蛋和酱油赶紧拌透，吃来很滑口。

家里如果前一天有红烧虾、红烧鱼、红烧羊肉、红烧肉这些，汤汁不要倒，冰箱里冻一晚上。次日煮热面，用这些汤冻来拌面，等汤冻半融就可以吃了，很妙。

日本的荞麦面蘸酱，其实用来拌普通面也很好吃。可以自己做粗糙版的。酱油、热水和砂糖，拌匀了，加鲣节熬汤，加一点儿米酒，加热之后，放凉。这个在阴凉处可以放相当一段时间，需要时，随时拿来拌面即可，加一点儿葱花和山葵就很好吃。

最妙的拌饭法，我觉得是重庆的豆花饭：豆花和饭分开上，可当菜下饭，也可拌饭，我估计许多人都喜欢后者。两大勺豆花扣在饭上，再自己酌加豆瓣酱、辣椒油、蒜泥、酱油，浓淡自调，等于是个可以自己决定味道、富含蛋白质又不容易腻的完美拌饭酱。

重庆又有所谓荤豆花，豆花进了汤锅里，加猪肉、猪肝、火腿肠、平菇、番茄以及掐尖取嫩以求一烫即熟的豌豆尖，我看老人家认真程度类似于掰馍，想想也就是米饭＋更鲜滑的拌饭酱＋小汤锅。

想想如果要吃碗浓淡自调、相对浓味的饭，会想吃普通豆花饭；想带点儿汤、丰盛一点儿的，荤豆花。有点儿像烫干丝之于大煮干丝、干馏面之于三鲜汤面之别？

那年冬天，吃荤豆花，看隔壁桌，有小孩子跟大人吃。孩子站起来捞豆花吃，捞完了往后坐，一滑，加上羽绒服和塑料椅子的缘故，踉跄要跌，被经过的嬢嬢眼疾手快，揪住了羽绒服，扶稳了。孩子张嘴睁眼，大概还没搞清形势，还没决定是不是要哭，嬢嬢说："好嘛不要怕，送你一碗嘎嘎。"孩子听了就叫："不要吃嘎嘎，我要吃豆花！"嘎嘎指肉。

嬢嬢大笑，给补了一大盘豆花。孩子就把豆花拌饭，哗啦啦开始吃。

冬寒，吃碗热乎的，看着这情景，人会好很多。

世界上并没有最正宗的重庆小面

坐惯飞机去重庆江北机场的，大概都经历过这个：飞机要降落前，五湖四海哪个国家没有去过的诸位，在机舱里已经闹起来了。

"吃机豌？"

"走起！"

机豌者，机场附近一处卖豌杂小面的地方是也。

倒不是说这里的多好吃，只是这更像个仪式。吃碗小面，才算尽洗尘俗，算是真回了重庆。

我觉得，世上没有所谓最正宗的重庆小面。唯其如此，这玩意儿才好吃。

身为重庆女婿，最先爱吃的是老四川的牛尾汤，邱二馆的鸡汤，陶然居的芋儿鸡和田螺。后来是镇三关的火锅，是江边的柴火鸡和火盆烧烤。

最后，返璞归真，最爱的变成这三样：冰粉凉虾、油茶、小面。

小面没那么玄，重庆遍地都有。面煮好，起锅，下佐料。佐料必备通常是酱油、味精、油辣子、海椒、花椒面、姜蒜水、猪油、葱花、榨菜粒，也许还有芝麻酱？

浇头和青菜就随意了。有些地方会加肥肠、牛肉等浇头，但长辈说，加肥肠那叫肥肠面，加牛肉那叫牛肉面，总之，都不叫小面了——小面就是素朴的。豌杂干馏？算吧！

以面而言，有些地方的面，重点在浇头；有些地方的面，重点在抻面、发面的手法；有些地方的面，重点在汤头。我故乡的老人在乎的是宽汤紧汤、重青免青、是不是头汤面；巴黎13区的老广东人也许就在乎汤头用的大地鱼干好不好，面是不是筋道。

重庆小面主要有趣的，是那些调味料的具体的小味道。

酱油先放还是后放；味精下多少尺寸；海椒炒的时候一定要去蒂；要不要加芝麻甚至核桃；花椒用青花椒还是红花椒；花椒籽要炒前先磨碎还是炒后磨碎；姜蒜水的话大蒜剁多细，还是直接拍；猪油和菜油要不要兑；葱花和葱段的长度。

要不要放榨菜，要不要放花生，要不要放芽菜，芽菜是不是宜宾芽菜。

要不要干馏，要不要加汤，汤头里是放筒子骨头还是肉，要不要放藕。

菜，最好是藤藤菜，煮多久才能鲜绿不软趴。

别的地方的面，很少会为一小碗这么普通的面，佐料上琢磨这么绵密细碎的。

我从渝北吃到渝中吃到北碚吃到江津古镇吃到大足吃到万县吃到合川，到处的小面都好吃，到处的小面，都有那么一点点细微的区别。

到处的老板，都称自己家的做法正宗："小面都该是楞个样子。"

然后很得意地赞美自家一点儿小花样：花生粒是去皮后油酥的，所以脆一点儿；姜蒜水开始用热水烫过再放凉——具体的我不懂，但就是，到处都稍微有一点儿不同。

所以，大概，没有最正宗。重庆小面很民间，没有权威配方。各家有各家的法宝，各家有各家的心思。

别的地方的面，做工精致的有，汤头浑厚的有，浇头华丽的有。

重庆小面的劲头，是简陋下面的斑衣戏彩。没有比这更下里巴人的面了，也没有比这更五彩斑斓的面了。

有一点却是真的：最正宗的重庆小面，不讲配方，讲劲头，讲场合。

小面不是在馆子里金堂玉马吃的，是在坡坡上、小馆里，坐矮板凳，等老板娘端上来，边吸溜边哈气那样吃的，稀里呼噜，吃得满嘴噼里啪啦爆出斑斓香味，爆得出汗才好。吃完觉得辣，旁边叫一碗冰粉，一边哈气一边起身，一身汗，痛快。

2017年初，我去重庆过年，陪长辈们走江边，听长辈讲重庆规划的历史，耳闻目睹，觉得重庆这地方着实了不起。

本来是山高路狭江水湍，住人都够呛的地方。一代代人，硬生生地战天斗地，开山钻路悬空架桥，辟出偌大灯火楼台立体城市供千万人居此，硬是过得有声有色，硬是过得有滋有味，硬是过得奋发火辣。就是这个了：多素朴的原料，都能用心思玩出花来。

这是个不忘本、能吃苦，却又懂得享乐、不拘成法的城市。

就跟这碗面似的。

那年冬天，开始在一家店吃豌杂，第一次去，午饭要了三两豌杂干馏，一份冰粉。嬢嬢看看我，说："二两比较好哦。"

我想：还有老板劝客人少要的呀。

嬢嬢端面来，大概怕我外行，用重庆味普通话殷切教导我："多拌拌，拌匀了，面条才入味，才好吃，多拌拌。"

我用重庆话回答："我晓得，要和转（重庆话读作'豁攥'）。"

嬢嬢放心地走了。我呼噜了几口面，只一个念头：只要二两少了，好吃，不够。等吃完面，嬢嬢端来冰粉，我一看冰粉的分量：难怪只让我要二两面。

之后一次去吃午饭，又要了豌杂干馏，说"麻烦不要加辣"。嬢嬢问怎么了，我说："咳嗽呢。"嬢嬢听了说："那葱都不要了。"

端上面来，发现豌杂里的肉臊子多了。嬢嬢说："和转！"

没了麻辣味，豌杂还是好吃，只是好吃得四平八稳，且豌杂的浓稠和榨菜的味道略分明了。大概多了麻辣和葱，如席间多了酒，拍照多了滤镜，背景音乐多了"动次打次"的律动，多了一点儿混沌跳动的快乐。

我安稳吃完，买单告别。嬢嬢问是不是没辣还是差一点儿，我说："是啊。谢谢嬢嬢加的肉。"

嬢嬢说："生病都要多吃点儿肉，把病吃好了，又可以吃辣！"

说是我们家乡菜，我怎么不认识呢？

我去重庆，满街找重庆鸡公煲的店面，找不到！上海却是满街重庆鸡公煲，将鸡块下麻辣锅，加大量的芹菜、洋葱等炖了当作锅底，再加其他料。

我女朋友若说："重庆就没有鸡公煲！"

我大学时去了次兰州，停留甚短，也不太找得见"兰州拉面"的字样。去问过早的朋友："你们吃的这是什么？"

"牛肉面！"

我去美国加州的朋友回来后，说那里也并没有牛肉面。

我陪一个北京朋友来到上海，通宵唱完歌了，摸着晨光去吃早点——经历过的都知道，通宵之后，一碗甜豆浆最惬意不过了。然而他看见"老北京豆浆油条"的招牌，眼睛瞪直了："你们吃油条就豆浆？"

"是啊。难道你们就豆汁儿？"

"才不是！豆汁儿应该就咸菜丝儿！"

之后一小时，他跟我不厌其烦地聊了半天砂锅粳米粥。

十几年前，李碧华写过专栏，认为：港式茶餐厅里所谓扬州炒饭，产地并不在扬州。我细想也是，扬州人吃炒饭，可不是这风格的。后来一查旧书，扬州炒饭是伊秉绶发明的，他老人家是福建人，四处做官，除了扬州炒饭，还发明过伊面呢。

这些温暖了全国肠胃的饮食，各有一个被改头换面的，甚至虚构的故乡，为它们的滋味，提供一点儿依据、一点儿来历。

当然并不奇怪：全世界都是这样啊！借个地名，一改良，就飞走了！

比如说，北美和欧洲许多寿司店，会正正经经卖一种"加州卷"寿司。粗大威武，是米饭和紫菜两层翻卷过的，外层蘸蟹籽，内层正经该有黄瓜、蟹柳、牛油果，加上蛋黄酱。味道醇浓，姿态威猛，而且是少见的，不用讲究"泪"，也就是山葵和"紫"，也就是酱油，也能好吃的寿司。好在其味道繁复又厚，顶饱。

这个东西，你去日本的老牌寿司店，师傅不太会做。理由？嗯，加州卷寿司是20世纪70年代，洛杉矶的东京会馆餐厅想出来，哄美国大肚汉的玩意儿。那时节，美国人对日本的刺身文化，刚觉得新鲜有趣，既好奇又敬畏；给他们加了牛油果和加州蟹肉，就觉得理所当然，可以放心吃了；至于紫菜反卷，是怕美国人嚼不惯紫菜。当然，2025年了，您去横滨或东京的罗森超市里，还是有加州卷寿司卖的。世界很大，日本人也知道该迁就外国人。

美国人最熟的中国菜之一，乃是 General Tso's Chicken＝左将军的鸡＝左公鸡。美国人当然不知左将军何许人也，实际上，左宗棠自己生前，都未必知道这鸡——左公鸡起初，最靠谱的说法，是出自大厨彭长贵之手。他老人家在民国时，以鸡腿肉切丁炸熟，用辣椒酱油醋姜蒜炒罢勾芡淋麻油，做了鸡吃，拿来伺候蒋经国，说这是左宗棠家吃的——结果彭师傅没留名，左将军倒成了这鸡的发明者！

论渊源，彭长贵大厨的师傅，是当年掌勺谭家菜的曹荩臣，往上要提左宗棠，真是又偏又远，未必挂得上号。但左宗棠太有名，这一味彭鸡肉，就变成左公鸡了。

最古怪的是，左公鸡按说最初是湘菜，但欧美人现在做起来，越来越甜酸。要知道左宗棠是个湖南人，在新疆前线爱吃的，是胡雪岩给他寄的莼菜，也没听说他爱吃酸甜啊！

这里跑个题：晚清名臣们，左宗棠有左公鸡，丁宝桢有宫保鸡丁，徽菜馆子里还会卖李鸿章杂烩。真是人人不落空，个个上酒席。

《忍者神龟》里，四位龟各自背着文艺复兴时四大宗匠的名号：达·芬奇、米开朗琪罗、拉斐尔和多纳泰罗，于是设定了他们都爱吃意大利比萨。按官方小说，会有个有趣的矛盾。他们的师傅斯普林特老师很日系，喜欢吃刺身。可是四个忍者龟，最爱吃馅料丰足花哨，布满蘑菇、三文鱼、萨拉米腊肠、青椒到看不见饼本身的比萨，大概是为了显得他们很意大利吧。然而稍微了解点儿比萨的，就知道这中间有些矛盾：一个标准意大利人，并不爱吃美国那种大如桌面、厚如椅垫，馅料琳琅满目的所谓比萨。在意大利，你能吃到的意大利比萨，通常薄而简洁：只有萨拉米腊肠、奶酪和番茄酱，烤得极快，不用你等足 15 分钟。端上桌来，你能一口吃到脆香的比萨面饼，而不是华丽的馅料。

美国人热爱的比萨上面的馅料，叫做 Topping。他们还自得其乐，搞出过一种芝加哥大比萨。这玩意儿简直是美帝国主义庞大气势的完美体现：比萨的皮子，做成盘子状，中间填上一层馅料，再填第二层，顶上用番茄酱和芝士封住，然后举着整个比萨拿去烤。烤完了，捧出来吃。

如果说，传统意大利比萨是个薄面饼略加点染，美式比萨是个厚面饼托着大量馅儿，那么芝加哥比萨就是个面盒子，里面装满了馅料。再大肚汉，吃几口也能饱——好吃，但实在是腻人。

美国英语里有个词，叫做 French Fries，法式薯条。问题是连法国人都承认：最好的法式薯条，出在比利时。听来很是奇怪，其实三言两语就能说明：薯条这玩意儿，本是比利时人所创，但比利时和法国邻近，法国饮食又过于有名，以至于1802年，美国历史上最聪明的总统托马斯·杰斐逊先生在一次白宫宴会上，吃了"以法国方式处理的土豆"；1856年，沃伦先生的食谱上第一次出现了——"把新鲜土豆切成薄片，放进煮开的油中，加一点儿盐，炸到两边都出现淡金褐色，冷却后食用，这就是法式薯条"！

这时候，比利时人总不能因为自己被剽窃了，渡海到美国来揍他们一顿吧？麦当劳里的薯条一般是蘸番茄酱，然而比利时和法国北部，会觉得蛋黄酱、奶油或其他自调酱比较够味。您没法跟他们讨论正统问题，因为——"法式薯条该蘸什么，我们说了算！"

瑞士卷，这玩意儿其实跟瑞士没啥关系——虽然英语叫swiss roll（也会用jelly roll）。

瑞士叫这玩意儿roulade，这叫法法语里也有，就是"卷"。

按Potica Jernej Kitchen的说法，瑞士卷该是19世纪源于中欧，奥地利或斯洛文尼亚，和其他好几种海绵蛋糕及甜甜圈应该是同一个时代。1856年《伯明翰日报》和1894年芝加哥的食谱上都出现过。

说穿了，就是海绵蛋糕卷，各地有自己的填馅法：草莓、巧克力、果酱、奶酪、杏仁。按各地习惯定。

好像西班牙语国家会叫"女王之臂""圣女之臂"或者其他什么之臂，里面会加番石榴、焦糖炼乳或当地土产、可可粉、坚果。

东南亚会加榴梿和芒果，巴黎七大附近有个店会加红豆沙。

虎皮蛋糕卷据说是华侨原创。

横滨中华街某些馆子里，有种玩意儿，叫做天津饭——不是《龙珠》里那位。您乍看就会吓一跳，觉得这玩意儿很怪。做法是蟹肉蟹黄，加入鸡蛋，加上豆芽、虾仁，放上米饭，再勾芡出浓稠口感。乍一看，像是华丽版的蛋包饭，而且还可以配汤。

端上桌来，让人不敢认，味道却是好的，但绝对不是天津风格——吃惯天津的煎饼馃子、嘎巴菜、贴饽饽熬鱼的，都会这么觉得。

日本人的说法：之所以叫做天津饭，是因为最初这做法，用了著名的天津小站米做成。至于其他乱七八糟的配料，应该是日本人自己的发挥了。

当然，日本人还吃所谓"中华凉面"，但在上海，类似这种面，一般叫做朝鲜冷面——可怜的冷面，日本人推给中国，中国人推给朝鲜。当然细看的话，中华凉面和朝鲜冷面也有区别。面是和好后切的，添加酱油、酒与醋做汤头，吃起来爽口有余，但跟中华有多大关系呢？不知道了。

当然，你也没法子多说什么。就像在中国台湾，"卤肉饭"会莫名其妙变成"鲁肉饭"；20世纪40年代，给南京官太太们做饭的川菜厨子，会被迫在回锅肉里加上豆腐干；法国人都会在西班牙海鲜饭 Paella 里擅自加鸡肉块，诸如此类。

所以，别太抱怨"吃不到本地正宗了"，全世界人民都不太吃得到。

再者，食物嘛，总是得因地制宜，最后本土化，比如KFC 到了中国，也就有了芙蓉鲜蔬汤。而我们所期望的，"原汁原味的美食"，往往并不一定符合我们的口味。全世界都是如此。很可能，当我们真吃到原汁原味的本地特色菜，反而会觉得：这个，我还真适应不了……

吃了这个，才算回家了

怎么才算是回家了呢？

我离开上海去欧洲一年后，回到上海，恰是深夜，住在离旧居不远的酒店里。

之前一路吃飞机餐，提不起胃口，至此睁眼到凌晨，想着以前在上海时啊，这个点儿，我就出去买早饭了。

香菇菜包，刚出炉的，热腾腾的烫手。配凉凉的豆浆喝。

三丁烧卖，我觉得吃着糯米跟笋丁馅儿，跟粽子似的。

萝卜丝饼，特别脆。鸡蛋饼，小区后门那家的鸡蛋饼做得特别韧，好吃。

熬到天光发亮，我起身出门。通宵营业的小龙虾店服务生在关门，超市收银员阿婆在门口活动腰板儿，穿老头儿汗衫的大爷溜达着出来买早饭。我跑去蒸汽氤氲的包子店，买了包子和豆浆；油条店，买了油条和糍饭糕；刚蒸得的三丁烧卖和小笼汤包各一笼；烙饼店，我说了声"韭菜饼、萝卜丝饼、三元钱的鸡蛋饼"。

老板抬头看看我，眨巴眨巴眼："嗬，回来啦？"

"回来了。"

香菇菜包比两年前贵了三毛，不过馅儿里多了木耳切丁，口感变脆了。

三丁烧卖，其实就是糯米烧卖，里面加豆腐干丁、笋丁和肉丁，糯米是用酱油加葱红焖过的。

汤包是淮扬做法，包子收口的尖儿，看去就是一叠面皮趴着，漾着一包汁儿；咬破皮后，汤入口很鲜，跟无锡、苏州的做法不一样——我老家无锡的汤包，汤就泛甜。

真好，这才算是回来了。

问起朋友们，他们多半有类似"吃了才觉得回来了"的感觉，但各自不同：要吃洪山菜薹的、油泼面的、河漏面的、莜面窝窝的、片儿川的、胡辣汤的、排骨藕汤的、肠粉的、桂花糖藕的、马肉粉的、烤麸的、干丝的、酒糟鸭肝的、嘎巴菜的，那真是形形色色，不一而足。

我回无锡，常是中午的班机或火车。到地方了，我爸开车来接，总会问我一句："午饭吃没？""没呢。"

"那么馄饨吧？""好！"

在我故乡无锡，"吃馄饨"或者"吃馒头（汤包）"是有特指的。馄饨与小笼汤包总在一起卖，仿佛天然搭配。这两样有专门的馆子。别的地方，也许馆里除了馄饨、汤包，还兼卖汤面、糕点，无锡许多铺子就是馄饨、汤包，别的一无所有。

好汤煮得皮鲜，一口下去，馅鲜、皮润、汤浓交相辉映，各得其所。在店里等到一大碗浮沉不定的馄饨上来，夹个丰满的咬开，鲜汤干丝浇着虾肉并陈的馅儿一起下肚，一道热线直通肚腹。吃完了，才算回家。

无锡的汤包按说也算皮薄汤浓，但跟苏州、上海的比，皮要厚些，馅儿要大些，跟所有无锡菜一样有甜酱香，不爱吃的人觉得太甜，觉得肉馅儿大："这是汤包还是肉圆包？"爱吃的人如我，汤包咬开个口儿，吸汤、吃肉、嚼面皮，一起下肚。如果有好醋来蘸，更是一绝。老无锡人总是爱吃有酱香味的肉味儿。

回了家，还有一顿。我妈每次知道我回家，必要趁早去菜市场要一只好鸡，边挑选边神采飞扬："我儿子要回来了！我要炖鸡汤给他喝！"

除了鸡汤，便是一道别处少见的菜，无锡话叫做肉酿油面筋。

油面筋，许多人大概知道。球形，中空，香脆酥糯。但其他地方，似乎常用来炒青菜、烫火锅。无锡人却别有一种吃法。

酿这种技巧，两广居民一定熟悉：将馅儿塞进去再加工，可得繁复厚味。无锡所谓肉酿油面筋，是以猪肉剁成肉糜，或者狮子头状丸子，塞进面筋里，用无锡民间的浓油赤酱焖透。

吃时，面筋酥软，肉圆浓香，既不费牙又保留了肉的颗粒口感。下饭绝佳。

我小时候贪吃肉，肉酿面筋吃个没够。年长后，带若回家去吃，若吓了一跳，勉强吃了一个，再吃不下第二个了。我还嘲笑她胃口小，自己吃一个，仿佛是确认一下，"我回家了呢"，好吃。吃第二个：嚯，还真吃不下了。

回想小时候，真觉得神异：那会儿肚子也不比现在宽绰，怎么就能囫囵个儿地吞呢？

我妈欣喜之余，也颇有些失望。每次看我吃，喜笑颜开。看我吃了一个不吃第二个，又郁郁了，说："白做这么多，算了算了，反正不会坏，炸一炸，明天吃。"接着便开始忆童年："哎呀呀，小时候啊，你吃多少都吃不够；哎呀，小时候啊，你在家里储藏室看书，我都找不到你；哎呀，小时候啊……"

李安的电影《饮食男女》里，郎雄最后有段台词点题："家之所以为家，就在于彼此有那么点儿顾忌。"

因为顾忌到了我妈可能的不高兴，每次回家，我都尽量多吃些。吃第一个肉酿油面筋，是一种确认仪式；吃第二、三、四个，就是为了哄妈妈高兴了——妈你看，我还能吃呢。

我跟其他朋友聊起来，他们都有类似的感觉：过年过节假期回家，一开始是欢悦、是高兴，见到熟人就打招呼，看见家乡饮食就热泪盈眶，第一天睡得尤其踏实。然后呢，住了几天，该见的不该见的，都见过了，便难免闷上心头。懒洋洋不想动，与父母重逢的高兴劲儿过去，似乎又回到了以前。最初的愉悦过去了，开始觉得拘束了。偶尔看看家里写字台、老家具，才想起来：咳，原来以前在家里，也并不总是开心的呀！

当然，类似的情绪，逢要再度离家之前，便消散了。到要走了，便重新念起家中诸般的好，没离开就开始思乡了。于是父母的絮叨也不再是拘束而显出慈和，肉酿油面筋又变好吃了。

2016 年秋冬，我妈在小区里帮孩子们上辅导课。其中有一对兄弟，大的三年级，小的一年级。父母都是山东来到无锡打工的菜农，收入不低，只是忙。到过年期间，尤其忙。众所周知，春节后一周，大家都休息，所以年三十黄昏至晚，大家都得囤积食物。

那对父母忙着年下，没法给孩子安排年夜饭。我妈便自告奋勇："到我家去吧！"

于是这年的年夜饭，是我、我父母，以及那两个山东孩子一起吃的。两个孩子穿了新衣，拾掇得整整齐齐，但坐上桌还有些怯生生。我妈给他们舀鸡汤喝、夹藕丝毛豆、吃糟鹅，又每碗放了一个肉酿油面筋："喜欢吃的自己夹！"

我看着他们吃，吃得狼吞虎咽。小的那个口才比哥哥好，边吃着，边开始说哥哥前几天考试没考好被批评的事；哥哥就有些不好意思，跟弟弟拌了几句嘴；小的就凑着我耳朵说，哥哥不让说，其实被老师批评之后，偷偷哭鼻子来着；哥哥羞臊了，说小的前几天还尿床，被妈妈骂了呢，小的就告诉我，要对付他哥哥，要挠脚心。

俩孩子互相揭短，嘻嘻哈哈，我爸看得乐呵呵，我妈一面忍不住笑，一面让孩子们多吃。

我看着弟弟吃了一个肉酿油面筋，吃得咂咂作声。那么油光水滑一个肉圆，不知怎么就掉进小肚子里去了。他吃完了，抬头看看我妈，我妈一挥手："喜欢吃就再吃！"兄弟俩都乐了，各夹了一个。哥哥看看我——我正从他们身上看到小时候的自己，说："大哥哥，你不喜欢吃啊？"

"喜欢啊。你们喜欢吗？"

"嗯！"

我妈补充道："吃！就像在家里一样！"

弟弟说："我在家里也没吃得这么开心！"

我在旁边看着他们吃。自己身在局中未必明白，但身为旁观者，像是看到了小时候的自己那劲头——当然我比这两个孩子幸运些，从小到大，到底没漏过一顿年夜饭。于是多少感到有些身在福中不知福了。

大概家就是这样。你待久了，会因为彼此顾忌，觉得不太自由，但那是你给自己的束缚。离开家了，回来，你会意识到，在顾忌之前，得到的依然是无限的宽慰与温情。家就是，无论走多远，你回来，都有扇门开着、一盏灯亮着、一张桌子摆着，你可以无忧无虑地，吃一大碗肉酿油面筋，吃得满嘴流油。

当然，这是我之后，自己又吃完两个肉酿油面筋时，才有的心得了。